KB119856

일단 오늘은 ♪♪♪~
나한테 잘합시다

어쩐지 의기양양 도대체 씨의
띄엄띄엄 인생 기술

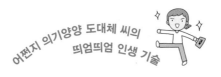

고구마~
나는~
고구마~

일단 오늘은
나한테 잘합시다

도대체 글·그림

위즈덤하우스

행복한
고구마

나는 누구일까?

주위를 둘러 보니 모두 인삼이다.

나는 인삼이구나…!

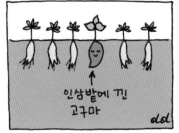

인삼밭에 낀 고구마

나는 인삼이다.

다른 인삼들과 함께 살고 있다.

저···

굉장히 행복해 보이는···

고구마만 빼고.

♪~
인삼~
나는~
인삼~

고구마는 행복해 보인다.

자기가 인삼이 아니라
고구마란 사실을 알게 돼도
그대로 행복할까?

· · ·

깔깔

인삼도 아니면서
행복해도 되는 건가?

인삼도 아니면서?

태어나 보니 인삼이었다.

그래, 내가 인삼인 것도 그저 운이다.

노력해서 얻은 건 아니지…

그렇다고 아무나 인삼이 되어서는 안 돼.

♪~

저 고구마처럼…

그러면 내 좋은 운은 아무 의미가 없잖아…

고구마로 태어났으면서
쉽게 행복하면 안 되지.

그건 고구마의 몫이
아니야.

그건 반칙이라
내가 이러는 거야.

내가
나쁜 인생이라서가
아니야!

차례

프롤로그 행복한 고구마 004

1부
어쨌든 출근은 해야 018

알람
출근길
지하철 어깨띠
너의 타이핑 소리가 들려
활기
동료의 취향
임시 공휴일
어느 날의 나
오후 네 시
어떤 능력자
여름철 인간 유형
곤경에 처했다
포커페이스
부장님이 조퇴하셨다
사회생활 1
사회생활 2
사회생활 3

사회생활 4
사회생활 5
뭘까?
용기
출근의 위험성
퇴사 1
퇴사 2
강하다는 것
바보가 아니야
하루
박수
일상의 힘
조퇴하는 이유

리빙포인트
나를 싫어하는 사람이 생겼다면

2부

장점은 있어 058

게으름 or 남자

왜 나까지?

시간이 남는다니

시간 여행

연휴 3일

일을 미루는 이유

어떤 순환

자동 반사

약속 시간

양자택일

가장 무서운 지옥

미뤄도 될 것 같은 일

지금 바로 해라

과거의 영광은 넣어둬

정리 잘하는 법

모든 게 기억난다

어떤 소비

고독한 숙명

우산을 잃어버린 적 없는 사람

장점은 있어

가나다순

영원히 입지 못하는 옷

시사모에는 알이 있다

꿈

길치의 약도 1

길치의 약도 2

가는 길은 알아도 오는 길은 모른다

자꾸 반대로 타

왼쪽 오른쪽

최고의 감자탕

위험을 경고하는 자

리빙포인트
'내가 지금 왜 이 짓을 하고 있나'란
생각이 든다면

3부
이러려고 이렇게 사는 게 아닙니다! 108

불면의 밤

소심한 사람

텔레마케팅

소심한 자의 반격

소심한 자의 복수 1

소심한 자의 복수 2

꼼꼼 에너지

운동화 세탁

칠 주의

초자연적 현상

눈썹 정리

하이힐의 진실

랩

충분히 가져봐

봄

일어나지 못할 일은 없어

흠

마음가짐

좌우명

행운의 편지

길몽

개척 1

개척 2

운

결론

나도 알아!

이러려고 이렇게 사는 게 아닙니다

뻔뻔할 수 있는 이유

매미의 삶

애송이

리빙포인트
오늘따라 자신이 한심하게 느껴진다면

4부

망한 걸까 148

겨울 해

발길질 에너지

인생 꼬는 소리

일이 안 풀릴 때의 나

일이 잘 풀릴 때의 나

고난의 평행이동

실패

속도가 맞지 않았어

교훈

형벌

어머니 놀라지 마십시오

먹고살 건 많아

아니겠지?

인생이란 1

인생이란 2

인생이란 3

답이 없어

그 말을 듣지 않기 위해

허전함을 뭐로 채워?

모두 망합니다

능력

근본

범고래

삶이여

망가진 내 모습에 익숙해지지 말자

나 자신이 싫은 날

복숭아의 삶

남 탓

새순

괜찮습니다, 의미가 없어도

이왕이면 수달

리빙포인트
뭔가 문제를 발견해서 자꾸 신경 쓰일 땐

맥주가 제일입니다   부자가 된다면 1

맥주가 제일이라고요   부자가 된다면 2

응급상자   웃음의 수고

씩씩한 이유   운동

카레 보험   스님

비빔국수를 먹는 사람   바다의 비밀

비 오는 날의 짬뽕   행복했던 순간

스트레스   억울함을 풀어줘

힘들었던 날은 뼈해장국을   리듬체조

정전기 대처법   긍정적인 마음

아차벨   웃음

봄에 걷는 법   모르는 척

파전 비밀 결사대   천국이라면

앞머리 살인마   위로

손이 저린 이유   뜨개질

전화

그게 아니라   리빙포인트

노천 어묵탕   가끔 사정없이 허전함이 밀려든다면

6부

무엇이 되지 않아도 228

꽃눈

질 때

종합세트

반짝이는 순간

평온한 일상

터키 아이스크림

아름다운 것

사소하고 중요한 순간

돌아오는 길

살아간다는 것만으로도

코코넛만큼은 용감하기를

공중 울음 부스

선심

걱정이 특기

바늘

설마

이유를 묻지 마세요

이상한 사람을 만난다면

해파리

멋져야 할 의무

무엇이 되지 않아도

나는 그대로

어쩔 수 없지

그 여름, 서울랜드

자외선 차단

별수 없죠

별

자전

리빙포인트
'사람들이 비웃으면 어떡하지?'라는
걱정 때문에 시작하지 못하는
일이 있다면

에필로그 희망을 비밀처럼 268

1부

어쨌든
출근은
해야

알람

〈TV 동물농장〉 성우님의 목소리로 울리는
알람이 있으면 좋겠다.

출근길

만원 버스 안에 끼어 있다보면

목이 길어져서 숨이라도 편하게 쉬면 좋겠다고 생각하게 된다.

지하철 어깨띠

지하철을 서서 가면서도

졸 수 있는 어깨띠가 있어야 한다.

ㄹㄹㄹ...

너의 타이핑 소리가 들려

출근했는데 사무실이 썰렁했다. 아, 다들 출장을 간 모양이구나. 어쩐지 여유로운 기분으로 사무실을 거닐면서 커피도 마시고 간식도 꺼내 먹고 빈둥거리고 있는데 보이지 않는 저쪽 파티션 너머에서 사무실에 남아 있던 부장님의 타이핑 소리가 들릴 때의 기분을 서술하시오. (20점)

활기

늘 기운 넘치는 직원이 있다.

나

아침에도 활기차다.

안녕하십니까!!

쿠엥—

밥도 많이 먹는다.

수북

수북

점심 식사 후엔 배드민턴을 한다.

얼이짜

ㄱㄹㄹ

동료의 취향

직장을 다니면 동료의 취향에 따라 다양한 경험을 하게 된다. 건강식품 마니아 동료가 있으면 여러 건강식품에 대해 주워듣게 되고, 얼리어답터 동료가 있으면 각종 최신 기기들을 구경하게 된다. 문구류 덕후 동료와 일할 땐 희한한 모양의 재미있는 메모지를 많이 구경할 수 있었고, 아기자기한 액세서리를 좋아하는 동료와 일할 땐 매일 바뀌는 예쁜 장신구들을 보는 것이 즐거웠다. 자녀들을 데리고 여행을 자주 가는 동료와 일할 땐 우리나라에 그렇게 많은 유원지가 있는지 처음 알았다.

그렇다면 궁금해지는 것이다. 지금까지 나는 내 동료들에게 어떤 영향을 미치는 사람이었을까? 내 동료들은 나를 통해 어떤 간접 경험을 했을까? 부디 즐거웠든 유쾌했든 나쁘진 않은 영향을 미쳤기를 바랄 뿐이다.

임시 공휴일

아주 가끔이라도 "시월이 시작된 즈음 비가 와서 기분이 착 가라앉을 텐데, 오늘은 온 국민이 다 함께 쉬도록 하죠"라는 식의 긴급 임시 공휴일이 생기면 좋겠다.

비 오는 날 일하러 나오지 않아도 마음 편할 수 있는 사람이 성공한 사람인 것 같다.

엮인 굴비 중의

하나가 된 것 같은

기분이 들 때가 있다.

(뭐, 굴비는 나와 달리 몸값이 비싸지만….)

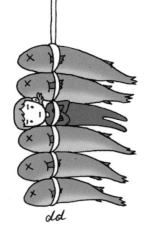

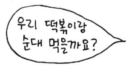

우리 떡볶이랑
순대 먹을까요?

어떤 능력자

한동안 택배 운송장 입력 알바를 했다. 전국에서 발송된 택배들의 전화번호와 주소를 전산화하는 일이었는데, 덕분에 얼떨결에 전국 주소를 잘 알게 되었다. 길에서 누가 "저는 호매실동 살아요"라고 말하며 지나가면 자동으로 '수원시 권선구 호매실동' 하고 떠올리는 식이다.

이런 것도 능력이랄 수 있겠지. 그러나 평소 간절히 원하던 능력도 아닐뿐더러 그 알바도 그만둔 지금은 딱히 쓸데가 없다. 살다 보면 내가 원한 적 없는 엉뚱하고 별 쓸모는 없는 능력이 생기기도 하는 것이다.

여름철 인간 유형

어느 회사를 가든 여름이면 사람들은 두 유형으로 나뉜다.

냉장고 얼음 트레이에 물을 채워 넣는 유형과 얼음만 쏙쏙 빼 먹는 유형.

지난여름, 여기에 하나의 유형이 추가되었다. 그것은 '얼음만 쏙쏙 빼 먹는 자를 밝혀내고자 잠복 수사하던 중 범인이 부장님이 었다는 사실을 알게 되고는 침묵 모드로 돌아선 자로서, 바로 나다.

곤경에 처했다

발목을 삐어 정형외과에 갔다. 의사는 발목 보호대를 착용하고 움직임을 최소화하면 나을 테니 침은 맞지 말라고 했다.

회사로 돌아오니 사람들이 그런 건 침을 맞아야 빨리 낫는다고 했다. 의사 말을 믿느냐며 오래 고생 말고 침을 맞으란다. 그 말을 들으며 등줄기에 땀이 흘렀다. 어떤 식으로든 나는 곤경에 처한 거였다.

앞으로의 예상도:

침을 맞고 빨리 낫는다 → 거봐, 내 말이 맞지.

침을 맞고 더디 낫는다 → 더 일찍 맞았어야지.

침을 안 맞고 빨리 낫는다 → 침을 맞았으면 더 빨리 나았을 텐데….

침을 안 맞고 더디 낫는다 → 내 말을 안 듣더니….

포커페이스

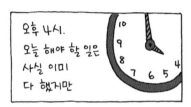

오후 4시.
오늘 해야 할 일은
사실 이미
다 했지만

부장님이 눈치채실까 봐 심각한 표정으로 앉아 있다.

부장님이 조퇴하셨다

사회생활 1

말하기 좋아하는 사람에게 고위직은 정말 좋은 직업일 것이다.
누구도 재미없다거나 그만 듣고 싶다는 말을 하지 못하니까.
그리고 내가 미소를 띠며 열심히 듣는 척을 하며 '어라? 나 사회
생활 좀 잘하나?'라고 자백할 찰나 "정말 좋은 말씀이었습니다"
라고 한술 더 뜨는 사람이 나타나는 것이다.

사회생활 2

회식 자리. 술 취한 상사가 내가 잘 모르는 분야에 대해 계속 이야기한다. 무슨 이야기인지 제대로 못 알아듣고 있었지만 어차피 흘려들어도 될 얘기니 고개를 끄덕이며 간간이 활짝 웃고 있었다.

'훗, 이 정도면 사회생활 잘하는 편인가…'

자뻑에 빠지려는데 저쪽에 앉은 다른 직원이 말한다.

"말씀을 들으니 어떤 원리인지 이제야 이해가 됩니다!"

사회생활 3

사회생활이란 무엇인가? 중학교 때 전교 1등을 한 적이 있다고 말하는 마흔을 앞둔 직장 동료에게 "늦었지만 축하한다"고 말하는 것이다.

사회생활 4

사회생활이란 또 무엇인가. 부장님이 직원 A에게 어떤 일을 전담하게 하며 "난 널 믿는다. 내가 너를 안 믿으면 누굴 믿겠니?"라고 할 때 옆에서 "그때 그는 알지 못했다. 그 생각이 곧 엄청난 사건을 불러오게 된다는 것을…"이라고 내레이션을 넣고 싶지만 참는 것이다.

사회생활 5

아르바이트하던 직장에 새로운 직원이 들어왔다. 출근한 첫날부터 다른 사람들이 일하면서 나누는 얘기들에 장단 맞춰 크게 웃는 호탕한 청년이었다. '첫날부터 사람들이랑 잘 어울리는데?'라고 생각하고 있었는데 어느 순간 나는 목격하고 말았다.
아무런 표정 없이 오직 소리로만 호탕하게 웃고 있는 그의 얼굴을….

뭘까?

사무실 저쪽에서 부장님이 어느 직원에게 말하는 게 들렸다.

"이건 대체 씨한테 줘."

뭘 준다는 걸까? 간식일까? 얼마 전 출장을 다녀오더니 기념품을 사왔나? 이왕이면 맛있는 거면 좋겠다.

이런저런 생각을 하며 두근두근하고 있었는데,

일이었다.

용기

1박 2일 워크숍 때 진행할 프로그램 정하는 회의를 하다가 누군가 말했다.

"난센스 퀴즈 맞추기 같은 건 제발 안 하면 안 될까요?"

세상은 이렇게 용기 있는 이들에 의해 조금씩 나아지고 있다.

출근의 위험성

어느 날 출근길에 그야말로 목이 졸리는 느낌이 들어서 출근의 위험성에 대해 생각하고 있었다. 하지만 나는 곧 영리하게 티셔츠 앞뒷면을 반대로 입었기 때문이라는 걸 눈치챘다.

그렇게 계속 회사로
택배를 주문했다.

퇴사 2

오늘은 정말
그만둔다고
말해야지.

마음의 준비는
다 됐다.

간다!

척척

잉??

치통?

우뚝

치과 견적
먼저
받아보고
결정할까...

dd

강하다는 것

예전에 나는 세게 보이려고 회사에서 누가 성희롱 수준 음담패
설을 해도 괜찮은 척 넘어갔고 내가 먹지 않는 개고기 회식에도
따라가고 그랬다. 지금 생각하면 그럴 필요가 없었다.

강하다는 것은 아무렇지 않은 척하는 게 아니라 거부할 줄 아는
것이었다.

바보가 아니야

화물영업소에서 일할 때다. 귀신에 홀린 듯 갑자기 시작해서 수년째 이어가던 내 사업이 망해가던 때였다. 그 사업을 아직 포기는 못하고 있었기 때문에, 오전엔 일을 하고 오후엔 내 사업 일을 하겠다는 작정으로 취직했다.

주어진 업무는 복잡하지 않았다. 그러나 나는 거기서 써야 하는 운송 프로그램을 잘 다루지 못했다. 어쩐지 계속 사용해도 자꾸 헷갈렸다. 돈 계산도 꼭 100원, 200원씩 틀렸다. 금고의 돈 액수가 정확히 맞아야 하는데 그게 자꾸 틀렸다. 분명히 받아야 할 돈을 받고 줘야 할 돈을 줬는데도 돈이 맞지 않으니 환장할 노릇이었다.

사람 얼굴과 업체명을 잘 연결해서 기억해야 화물을 빨리 내줄 수 있는데 그러지도 못했다. 자주 오는 거래처 사람들의 얼굴을 몰래 노트 뒤에 그려놓고, 그 사람이 들어오면 그림 옆에 적어놓은 업체명을 얼른 커닝해서 응대하기도 했다. 그럼에도 한계가 있어서 결국 또다시 소장의 핀잔을 들으며 하루 일과가 끝나곤 했다.

매일 '이런 간단한 일도 못하는 바보'라는 생각에 괴로웠다. 일을 마치고 귀가하며 눈물을 훔친 적도 여러 번이었다. 그러다 운 좋게 다른 직장으로 옮기게 되었다. 주 업무는 직장의 SNS 계정들을 운영하는 것이었다. SNS에 올릴 글을 쓰고 이미지와 동영상을 제작하거나 이벤트를 운영했다. 나는 쉽게 해냈다. 그곳에서 나는 더 이상 바보가 아니었다. 오히려 동료들은 일을 잘하는 사람이 들어왔다며 좋아해주었다.

나는 그대로였다. 더 이상 돈 계산을 하지 않아도 되고, 운송 프로그램을 다루지 않아도 되고, 어제 잠깐 본 사람들의 얼굴을 오늘 다시 기억해내지 않아도 될 뿐이었다. 해야 할 일이 달라졌을 뿐이었다. 나에게 맞는 일을 맡았을 뿐이었다. 그 이유만으로 나는 더 이상 바보가 아니게 되었다.

하루

누가 지금 문을 쾅쾅 두드려서 나가보니까 웬 남자가 씩씩거리면서 '일이고 뭐고 다 필요 없으니 잠이나 더 자라'면서 이불을 다시 펴고 강제로 재워주는데 자세히 보니 정우성이면 좋겠다.

이제 농경 사회가 아니니까 꼭 다 같이 아침부터 일하지 않아도 되는 거 아닐까? 어째서 전 인류가 다 같이 힘을 모아 오후부터 일하자고 합의하지 않는 걸까?

헬기 소리가 크게 들려서 무슨 일인가 내다보고 있는데 갑자기 특공대가 창문으로 뛰어 들어와서 헬기에 나를 급히 태우고 태평양 위를 날아가더니 특급 호텔에 데려가 '지금부터 48시간 더 자라'면서 강제로 재우면 좋겠다.

창밖에 뜬금없이 예쁜 열기구가 나타나 사람들이 웅성거리고 있는데 갑자기 우리 회사 앞으로 다가와 창문을 두드리더니 나를 태워서 수 킬로미터를 날아가 깨끗한 침구가 세팅된 따뜻한 오두막집에 도착해 마음껏 자라고 할 때 맛있는 음식 냄새가 풍겨오면 좋겠다.

뭐라도 1등을 하자는 마음으로 오늘 구내식당에 1등으로 왔다.

오리 농장에서 오리 700마리가 탈출했는데 인근 야생에 안정적으로 정착한 것으로 보인다는 뉴스 같은 걸 보고 싶다.

지금 막 회사에 노르웨이 경찰들이 들이닥쳐서 나를 찾아내더니 '이유는 알 필요 없고 이제부터 당신은 노르웨이 국민이라 노르웨이에서 살아야 한다'고 떠들면서, 오는 길에 이미 우리 집에 들러서 데리고 온 우리 개랑 나랑 함께 강제 출국시키면 좋겠다.

펭귄들이 갑자기 나는 법을 깨달아 수천 마리가 떼 지어 날아와서 서울 상공을 덮으면 좋겠다.

누군가 '회사 휴게실 혈압측정기가 고장 난 것 같다. 집에 있는 기계로 잴 때보다 혈압이 꼭 높게 나온다'고 했다. 나는 '출근을 해서 혈압이 높아지는 게 아닐까?'란 의견을 내놓았으나 과장님의 침묵으로 인해 더 이상의 수사는 진행되지 않을 예정이다.

지금 막 카메라와 조명과 리포터가 들이닥쳐서 '수고하셨어요! 고생 많으셨죠? 이 모든 게 초대형 이벤트였답니다! 그동안 잘 참아내셨으니 하와이행 티켓과 하와이 정착금을 드립니다!'라고 하면 좋겠다.

집에 들어가면 피자랑 치킨이 종류별로 배달되어 있으면 좋겠다.

냉장고에 맥주와 쥐포가 있는데도 마시지 않고 밀린 일을 하는 내가 자랑스럽다.

못 참고 맥주를 꺼냈다. 더 이상 나 자신이 자랑스럽진 않지만 행복하다.

미래의 기분을 미리 느끼는 것도 초능력일까? 내일부터 다시 출근하며 괴로워하는 거 지금 미리 느끼고 있는 거 같은데….

아침에 눈 떴을 때 밖에 눈이 지붕 높이만큼 와서 모두가 꼼짝달싹 못하고 있으면 좋겠다. 그러면 저절로 나오는 웃음을 애써 참으면서 '저, 아시다시피 폭설이 와서요…' 라고 시작하는 전화를 여기저기 걸겠지….

ZZZ…

박수

보름에 걸친 길고 지루했던 업무가 끝났다.

마음 같아선 크게 외치고 싶다.

다 했습니다!

그러면 사람들이 박수를 쳐 주는 것이다.

짝짝짝   짝짝짝
와~   와~
대단해!   잘했어!
와~ 짝짝짝

그러나 현실은   -조용-

다 했습니다

수고하셨어요

나가서 혼자라도 박수치고 와야겠다.

짝   짝

내가 고생한 걸 나는 아니까.

짝짝짝짝 짝짝짝짝
짝짝짝짝짝 짝짝짝짝짝
짝짝짝짝 짝짝짝짝

일상의 힘

한동안 나는 하던 사업을 유지한 채 직장을 다녔다. 두 일을 병행하고 싶었지만 내 마음처럼 되지 않았다. 퇴근하고 귀가하면 심신이 지쳐 다른 일을 하기 힘들었다.

둘 중 하나를 택해야 한다면 매달 적은 월급이나마 꼬박꼬박 나오는 직장이었다. 사업을 정리하기로 마음먹고, 아침에 출근해서 종일 일하다 퇴근한 후 저녁에 이런저런 정리를 했다.

몇 년간 공들여 개발하고 만들어 판매해온 제품을 처분하는 것은 무척 우울한 일이었다. 작업실 정리도 우울하긴 마찬가지였다. 잘돼서 나가는 것도 아니고 망해서 나가는 것이니 심정이 오죽했을까. 맨 처음 작업실을 얻고 곰팡이 핀 벽지를 떼어내고 페인트칠하던 순간부터, 그 작은 공간에서 먹고 자고 일하며 지내온 날들이 하나하나 떠올랐다. 뭐 하나 버릴 것이 없어 보이는데 최소한의 물품만 남겨놓고 정리해야 했다. 정리하는 동안 수시로 뭔가가 울컥 넘어오는 바람에, 때로는 훌쩍거리고 때로는 꺼이꺼이 울면서 하루하루를 보냈다.

그즈음 내가 우울에 깊이 빠지지 않고 제어할 수 있던 것은, 우울해하다가도 다음 날 출근하기 위해 일단 잠을 잤기 때문이었다. 정해진 시간에 일어나 샤워를 하고 출근해서 일을 하고 밥을 먹고 사람들과 이야기할 수 있기 때문이었다. 규칙적인 생활은 나를 억지로 일으켜서 움직이게 만들었다. 그렇게 움직이며 깊은 우울 속으로 빠져들지 않을 수 있었다.

누군가는 한없이 슬퍼할 자유도 없는 월급쟁이의 비애라고 할 것이다. 그러나 나는 그것이 일상의 힘이라 믿는다.

조퇴하는 이유

출판사 미팅을 하러 가는 날이었습니다.

[리빙포인트] 나를 싫어하는 사람이 생겼다면

'뭐, 그건 그 사람 마음이지' 생각하면
마음이 편합니다.

2부

장점은
있어 🍰

게으름 or 남자

내가 망한다면 게으름 아니면 남자 때문일 거라고 진지하게 생
각하던 시절이 있었다. 이왕이면 남자 때문에 망하면 좋겠다고
농담하기도 했지만, 연애라는 것과 점점 멀어지면서 슬슬 확신이
들고 있다.

나는 게으름 때문에 망할 것이다.

왜 나가지?

하루 종일 아무것도 안 하고
인터넷만 보고 있어도 흥미진진한데,
내 인생을 왜 열심히 살아야 하지???!

남들이 이미 훌륭하거나
재미있게 잘 살고 있다!
그런데 왜 굳이 나까지
?????!!

···라고 생각하지만
마음은 편치 않다.

시간이 남는다니

가끔 '시간이 남으면 뭘 해야 하나?' 고민하는 사람들을 볼 때면 신기하다. 나에게 시간은 '자기가 알아서 잘 가는 것'이기 때문이다.

오늘도 별일 안 했는데
하루가 다 갔어!

사실은 이것이야말로
효율적인 인생인 게 아닐까??!!!

···라고 생각하지만
어쩐지 불안하다.

시간 여행

오늘 할 일이 너무 많아 고심하다가 절반을 내일로 미루었다. 나는 오늘 할 일의 절반을 내일로 미루었으니까 내일 오늘의 일부를 살게 될 것이다. 이렇듯 시간 여행이란 어려운 게 아니다. 누구나 마음만 먹으면 할 수 있는 것이다.

오늘   내일

연휴 3일

첫날은 누워서 뒹굴며 행복하게 금방 보냈다.

둘째 날은 너무한가 싶어서 우주에 떠 있는 거라 생각했다.

죄책감을 지우는 것도 할수록 는다. 3일째는 보트에 누워 강 위를 떠다니는 거라고 생각하며 하루를 보냈다.

일을 미루는 이유

'이 일은 생각할 게 많으니 머리가 맑을 때 하자'는 생각으로 미루고 있는 일이 있다. 그런데 머리가 맑아지는 순간이 오지 않아 계속 미루고 있다.

'컨디션 좋을 때 해야지' 하는 일들도 있는데, 컨디션 좋은 때가 잘 오지 않는다. 예전엔 컨디션의 기본 상태가 0이고 그 위아래 점수들인 날들이 있었다면, 현재는 -50정도가 기본 점수인 것 같다.

한편 '덜 피곤할 때 하자'고 생각한 일들도 있다. 그것들은 피곤이 가시지 않아 못하고 있다.

어떤 순환

밤에 일하려고 앉으면

출출하다 → 간단히 뭘 좀 먹는다 → 그거 먹었다고 졸림 → 잠을 쫓기 위해 잠시 다른 일을 한다. 예를 들면 SNS나 웹서핑 → 시간이 빛의 속도로 간다 → 겨우 정신 차리고 일 시작 → 그새 다시 출출해 → 간단히 먹은 게 문제였으니 이번엔 차라리 그냥 든든히 먹자 → 거대한 졸음 → 파멸

낮에 일하려고 앉으면

잊고 있던 다른 일이 생각난다 → 얼른 그것부터 해치우자 → 어라 생각보다 오래 걸리네? → 뭐지 왜 벌써 이 시간이지? 원래 하려던 일은 지금 시작해도 오늘 다 못 끝내겠는걸? → 이렇게 된 거 그 일은 이따 밤부터 시작하자. 오늘밤에 해치우면 되겠지 → 밤 과정 처음으로 연결 → 파멸

자동 반사

일을 미뤘다가 몰아서 하는 사람은 대체로 정해져 있다. 그런 경우가 있는 게 아니라, 그런 사람이 있는 것이다. 그런 사람의 죄책감은 자동 반사적이다.

약속 시간

내가 행여나 장수한다면 그 비결은 늘 약속 장소로 헐레벌떡 뛰어갈 때의 운동량일 것이다. 약속 시간에 늦을까 봐 전속력으로 달릴 때마다 '평소 달리기를 해두길 잘했군. 보폭도 크고 숨이 차질 않아' 하고 뿌듯해하지만

나도 안다.

다른 사람들은 애초에 늦지 않게 나오고 말 거라는 걸.

양자택일

졸리진 않은데 일을 하긴 싫다.

이 상태로 몇 시간을 보내면

졸리지만 일을 해야만 하는 순간이 오지.

늘 두 상태 중 하나야…. dd

가장 무서운 지옥

가장 무서운 지옥은 견딜 만한 지옥일 것이다.

빠져나올 생각을 안 할 테니까….

미뤄도 될 것 같은 일

의외로 '딱히 미루지 않아도 될 것 같은', '그냥 지금 금방 해치우면 될 것 같은' 가벼운 일들을 미루는 사람들이 있다. '대체 왜?'라고 묻겠지만 '바로 그렇기 때문에' 미루는 것이다.

예를 들어보자. 언젠가 나는 어딘가에 택배를 보내는 걸 미루고 미루다가 결국 마지막 날 직접 물건을 들고 전달하러 가고 말았는데, 그건 그 동네가 직접 다녀올 만한 곳이었기 때문이다. '여차하면 다녀오면 되니까'란 생각을 보험처럼 하고 있던 것이다. 만약 그곳이 내가 사는 곳과 먼 부산이나 제주도였다면? 절대로 미루지 않았을 것이다. 아무래도 미뤄도 될 것 같은 일이니 미루게 된다는 얘기다.

그러나 살면서 누구나 몇 번은 큰 착각을 하기 마련이고, 그렇게 또 '미뤄도 될 만한 일'이라 착각하며 미뤘던 일 때문에 파멸하는 순간이 오곤 하는 것이다.

지금 바로 해라

일을 잘 미루는 사람의 특징 중 하나는 놀랍게도 '시간 계획을 잘 세운다'일 것이다. 그들은 때로 완벽해 보이는 시간표를 짜놓는다.

'오후 7시가 약속 시간이니까 집에서 6시에 나가면 충분해. 좋아, 그렇다면 시간 계획을 세운다!'

1:00~2:00 식사
2:00~3:30 일 A를 한다
3:30~4:00 일 B를 한다
4:00~5:00 일 C를 한다
5:00~6:00 샤워, 옷 입기, 화장하기

완벽하다. 그대로 지키지 못할 뿐이다.

어느 날도 내가 이런 계획을 세우고 있으니까 그때 마침 놀러와 있던 친구가 말했다.

"시간 계획 세우지 말고 그냥 지금 바로 해라…."

그때 나는 큰 깨달음을 얻었다. 그래, 왜 매번 그렇게 시간 계획

을 세운 것일까? 그냥 지금 바로 시작하면 되는 것을! 그날부터
나는 '시간 계획 세우지 말고 그냥 지금 바로 하자'를 생활신조로
삼았다.

지키지 못하고 있을 뿐이다.

과거의 영광은 넣어둬

일을 잘 미루는 사람의 특징 또 하나는 '운이 좋았을 때를 보통 기준으로 삼는다'. 만약 어떤 일을 3시간 만에 해냈다고 치자. 원래는 평균 5시간 걸리는 일인데도 나 같은 사람은 나중에 다시 그 일을 해야 할 때 '3시간 만에 할 수 있으니까'라고 생각하며 앞에서 말한 그 '완벽한 시간표'를 짠다.

어딘가로 갈 때도 마찬가지다. 평균 1시간 걸리지만 아주 운 좋게 40분 만에 도착했던 곳이 있다고 치자. 보통 사람들은 소요 시간을 1시간 이상 잡고 가겠지만 나 같은 사람은 40분을 남겨 두고 출발하는 법이다.

여기까지 읽으며 이상하게 느끼는 사람도 있을 것이다.

'그렇게 잘 알고 있다면, 어째서 고치지 않는 거지?'

나도 모른다! 그저 '사람의 자아 성찰과 실제 성품은 별 상관이 없을 수도 있다'는 한 예가 되었다는 것에 만족할 뿐이다. 어쨌든 나 같은 반면교사가 있어야 인류도 발전할 테니까….

정리 잘하는 법

모든 게 기억난다

나처럼 정리를 못하는 사람은 물건을 정해진 장소에 두는 것이 아니라 일단 자유롭게 놓아둔 다음 그 장소를 기억한다. 그리고 잊어버린다. 나중엔 물건을 두었던 장소가 아니라 '물건과 나, 언젠가 우리가 만났던 기억'만 떠오른다. 이를테면 이런 식이다.

도장이 필요하다! → 어디에 뒀는지 기억나지 않는다 → 도장이 있을 법한 상식적인 장소들을 뒤진다 → 없다 → 기상천외한 장소들을 뒤진다 → 없다 → 어쩐지 있을 것 같은 느낌이 드는 곳을 한 번 더 뒤진다 → 없다 → 간절히 기도하며 다시 여러 장소를 랜덤으로 뒤진다 → 없다 → 지난 크리스마스에 도장을 본 것이 분명 기억나지만 역시 쓸모없는 정보다….

"정말 희한한 일이네! 내가 분명 그날 도장을 사용했는데! 나는 그날 자주색 코트를 입고 있었지. 그날 계약서를 쓰러 갔던 춘천은 그리 춥지 않았다. 계약하고 돌아오면서 들른 닭갈비집 앞에는 이상한 포즈로 호객하는 마네킹이 있었어. 그날 먹은 닭갈비는 좀 맵긴 했지만 맛있었다. 재료가 좋지 않았던 건지 배탈이

나서 고생은 했지만….”

모든 게 기억난다. 도장을 어디에 놓았는지만 빼고.

“그런데 정말 이해가 안 돼요. 물건들의 자리를 딱 정해서 거기에
만 놓아두면 되는 거 아니에요? 그게 왜 안 돼요?”라고 묻는 사
람도 있을 것이다. 저런. 당신도 “공식만 외우면 돼”라는 선생님
의 말씀이 무슨 뜻인지 알면서도 수학을 포기한 적이 있을 텐데
요….

어떤 소비

물건들을 싹 내다버려야 한다는 생각을 하고 있었다. 어쨌든 버려야 정리가 되니까. 그런데 가끔은 그런 마음도 든다. '그냥 이 정도는 갖고 있어도 되는 거 아닐까?' 하는.

정말 최소한의 것만 지니고 살기엔 내 마음이 강인하지 않다. 나는 이런저런 물건들에게 위안을 받아야 한다. 물건을 산다는 건 기분을 사는 것이기도 하기 때문이다. 그리고 만 원짜리 팔찌를 사서 팔에 채울 때의 기분은, 분명 만 원보다는 더 값어치가 있다고 생각하는 편이다.

미니멀리즘이 유행하고, 저렴한 물건 여럿보다는 제대로 된 물건 하나를 사는 것이 이득이라는 말에도 일리가 있지만, 나는 결국 자잘하고 값싼 것들에 대한 소비를 아예 그만두진 못할 것 같다.

고독한 숙명

정리를 잘하지 못하는 이들은 남들보다 시간과 비용을 몇 배로 쓰면서 무언가를 애타게 찾는 과정을 매일 반복해야 한다. 간절한 을의 삶, 고독한 숙명을 타고난 것이다.

이 숙명을 벗어나고자 몸부림치기도 하는데, 일례로 나는 가위나 자 같은 걸 여러 개 사서 이곳저곳에 둔다. 문구용 칼, 가위, 딱풀, 30센티미터 자 같은 게 몇 개씩 있는지 정확히 알지도 못한다. 자를 찾지 못할 때를 대비한 비상용 자를 사놓고, 비상용 자의 비상용 자를 사놓고, 비상용 자의 비상용 자의 비상용 자를 사놓는 것이다. 그러면 그 물건이 필요할 때 그나마 빨리 찾을 수 있다! 물론 그 여러 개가 모두 안 보일 땐 몇 배의 고독함이 밀려오지만….

어쨌든 가끔씩 대청소를 하다가 십 수 개의 동일한 물건들을 우르르 발견할 때면 '이런 식으로라도 내수 경제에 소소한 도움이 되고 있구나'라고 뿌듯해하기도 한다.

우산을 잃어버린 적 없는 사람

우산을 잃어버린 적이 없다는 게 인생의 작은 자랑거리였다. 우산을 자주 잃어버리는 사람이 많은 이 세상에서 "난 우산을 잃어버린 적이 없어"라고 말하는 것은 무척 뿌듯한 일이었다.

물론 나는 우산만 빼고 다른 온갖 것을 잘 잃어버리는 사람이지만 굳이 그 말까지 할 필요는 없지 않은가? "저번에 비닐봉지 백 장이 담긴 비닐봉지를 지하철에 놓고 내려서 '비닐봉지 담긴 비닐봉지 찾습니다. 비닐봉지를 열면 비닐봉지가 들어 있습니다'라는 트윗을 날린 적이 있어"라고 굳이 고백할 필요까진 없는 것이다.

그러나 몇 년 전 친구 집에서 술을 마시고 나오면서 우산을 놓고 왔던 바람에 그때부터는 더 이상 "난 우산을 잃어버린 적이 없어"라 말하지 못하고 "난 우산을 잃어버린 적이 없어. 친구 집에 놓고 왔었지만, 어쨌든 다시 돌려받았으니까 잃어버렸다고 할 순 없지"라고 말하게 되었다.

그런데 최근 또 다른 친구의 차 안에 우산을 놓고 내리고 말았다! 물론 이번에도 돌려받을 수는 있을 것이다. 그러나 이제부터는 "우산을 잃어버린 적이 없어. 친구네 집이랑 차 안에 한 번씩 놓고 왔지만, 다시 돌려받았으니까…"라고 말해야 한다.

멘트가 점점 구차해지고 있어서 걱정이다.

장점은 있어

정리를 잘 못하는 사람에게도 장점은 있다. 정리가 안 된 환경에서도 멘탈에 지장이 없다. 실제로 나는 어수선한 책상 앞에 앉아서도 책상 상태를 신경 쓰지 않고 바로 일을 시작할 수 있다. (얼씨구)

줄 맞추고 열 맞추는 데 신경 쓰지 않으므로 머리도 덜 아프고 시간과 체력이 절약되는 면도 있지 않겠는가? 물론 그렇게 아낀 시간과 체력은 결국 어디에 뒀는지 잊어버린 물건을 찾는 일에 쓰겠지만 인생이란 원래 그렇게 허무한 것이다. (절씨구)

가나다순

'그렇다면 혹시 넓은 집으로 이사한다면 정리를 좀 잘할 수 있게 되는 것은 아닐까? 지금은 정리를 못한다기보다는 그저 좁은 집에 살아서 집이 어지러운 것은 아닐까?'라고 생각한 적도 있다.

그러나 다른 사람들은 몰라도 일단 나는 아니라는 것을 곧 깨달았다. '넓은 집에서 살면 어떻게 정리할 수 있을까?' 상상하다가 내가 생각해낸 방법이라곤 고작 '모든 물건을 가나다순으로 정렬해 세워놓으면 필요할 때 금방 찾을 수 있을 것이다' 같은 방법뿐이었던 것이다…….

영원히 입지 못하는 옷

'집에서 입지 뭐' 하고 버리지 않는 옷들도 너무 많다. 물론 그렇게 생각하고는 집에서도 영원히 입지 않는다.

'이건 평소에 입기엔 좀 그렇지만 특별한 날엔 입을 수 있을 테니까'라는 생각에 버리지 못하는 옷들도 있다. 물론 특별한 날이 몇 년째 생기지 않고 있다….

이럴 바엔 〈제1회 특별한 날 입으려고 샀는데 몇 년째 못 입고 있는 옷을 입고 만나는 날〉이라도 개최해야겠다.

〈수상 내역〉

1등 이런 옷을 몇 년째 입을 기회가 없었다니 안타깝네요 상

2등 조만간 꼭 입게 되길 바랍니다 상

3등(참가상) 아무리 특별한 날이라도 이런 옷은 좀 그래요 상

시사모에는 알이 있다

오래전 비 오는 날이었다. 대학 동아리 친구들을 만나 어느 횟집에 자리를 잡고 산낙지와 오징어 튀김을 앞에 두고 술병을 기울이다가, 이윽고 다른 안주를 주문하자는 말이 나왔다. J가 '시사모 구이'가 어떻겠냐고 물었다. J를 뺀 나머지 셋은 그때까지 시사모라는 걸 먹어본 적이 없었다. 맛있다는 J의 말에 우린 시사모 구이를 주문했고, 잠시 후에 시사모들이 접시에 담겨 나왔다.

"이런 물고기구나. 맛있네."

"그치? 알이 꽉 차 있어서 얼마나 맛있다구."

J의 말대로 시사모마다 알이 꽉 들어차 있었다. 이 시사모에도, 저 시사모에도 있었다. 혹시 이번에 집어드는 놈엔 없는 게 아닐까 하며 꽉 깨물어도 역시 빈틈없이 알이 꽉 차 있었다.

"어라, 알이 다 있네."

"그러네."

"이거 신기하다. 어떻게 다 알을 품고 있지?"

시사모를 처음 먹는 셋이 희한해하자 J가 말했다.

"시사모엔 원래 알이 있어."

"근데 지금 전부 다 알이 있는 거 같은데?"

"응. 애들은 항상 알이 있어."

"어떻게 알이 항상 있을 수 있어? 그게 가능해?"

우리는 시사모에 집중하기 시작했다. 항상 알을 품고 있는 생물이라니 웃기기도 하고 기가 막히기도 하고 도저히 이해할 수 없는 일이 아니지 뭔가.

"알을 계속 품나 보지."

"알을 낳긴 할 거 아냐. 그러면 그땐 알이 없어야지."

"하지만 이건 항상 알이 있다는 거야."

"어떻게 그럴 수 있지?"

"글쎄. 내가 지금까지 먹어본 시사모엔 늘 알이 있었어."

"그러니까 그게 어떻게 가능하냐는 거지. 어떻게 계속 알을 품고 있냐는 거야."

"애들은 알을 안 낳아? 품고만 있어?"

"허 참, 이놈들 괴상하네."

"닭도 매일 알을 낳잖아."

"시사모도 알을 매일 이만큼씩 낳는다고? 그럴 리가. 설령 그렇
대도 어쨌든 알을 낳을 거 아냐."

"그러면 그땐 알이 없어야지."

"하지만 알이 늘 있다는 거잖아."

"잡으면 언제나 알이 있는 거잖아."

"항상 알을 품고 있는 물고기인 거네."

"혹시 배 속에 알을 가득 만들어놓고 매일 한 알씩만 내보내는
건 아닐까? 하나 낳으면 바로 하나를 새로 만드는 거지."

"됐어. 이거 사실은 알이 아니라 살인 거 아냐?"

"아, 이거 살이야?"

"아니, 아니. 알이야."

이미 적당히 취한 넷이서 시사모를 앞에 놓고 아무리 토론(?)을 해
도 그럴듯한 답은 나오지 않았다. 결국 종업원까지 부르고 말았다.

"저기요, 질문이 있는데요. 이 시사모 속에 있는 게 알 맞죠?"

"네, 알입니다."

"그런데 어떻게 모든 시사모에 알이 있나요?"

"시사모엔 원래 알이 있습니다."

"어떻게 그게 가능하죠? 알이 없는 시사모도 있어야 하는 거 아닌가요?"

"아, 더 작은 것들 말고, 이만큼 큰 것들을 잡는 거죠. 그러면 알을 품고 있으니까요."

"하지만 알을 낳으면요? 걔들 중에서 이미 알을 낳아버린 애들은요?"

"글쎄요. 제가 일하면서 본 시사모엔 항상 알이 있었습니다. 죄송합니다. 저도 그 이상은 몰라서 다른 답변은 해드릴 수가 없습니다."

종업원은 더 이상의 술주정을 거부하며 주방으로 사라졌다. 우리도 그를 붙들고 있는 것은 진상 짓이라는 것을 뒤늦게 깨닫고 그만 입을 다물었다.

의문이 풀릴 도리가 없었다. 스마트폰이란 것도 없던 시절이었으니 그 자리에서 검색을 할 수도 없었다. 별수 없이 우리는 다른 이야기를 해나갔다. 아주 잠시 지렁이와 조개의 번식에 대해 이야기했고, 문득 집단 자살이 화제에 올랐고, 일반적인 자살에 대

해 이야기하다가, 종교 이야기로 넘어갔고, 환생과 내세에 대해 떠들었다. 그러는 사이에 시사모는 딱 네 마리 남았다. K가 접시의 네 귀퉁이에 시사모를 한 마리씩 놓으며 말했다.

"자, 이제 한 마리씩 먹으면 되겠다."

그러자 다시 시사모 생각이 머릿속에 맴돌았다. 딴생각 하는 걸 눈치챈 Y가 물었다.

"얘기 안 듣고 뭐 해?"

"미안. 자꾸 시사모 생각이 나서. 이놈들, 이 괴생물체들."

"하하, 괴생물체."

"아니지, 어쩌면 생물이 아닐지도 몰라. 사실은 공장에서 만들어내는 제품인지도 몰라. 종업원들이 일렬로 앉아서 매일 이것 뱃속에 알을 넣고 조립하는 거야."

……

자정은 이미 지났고 비는 계속 내렸다.

가게 밖에선 몸을 가누기 힘들 정도로 취한 양복 차림의 중년 남자가 비를 맞으며 노상방뇨를 시도하고 있었고, 옆에 있던 여

자는 남자를 부축하느라 정신이 없어 보였다. 한참 비틀거리던 남자는 결국 넘어지고 말았고, 여자는 그를 부축해서 어디론가 가버렸다. 잠시 그들에 집중하던 우리는 다시 다른 이야기를 하기 시작했고, 수다에 수다를 거듭하다가, 그 남자처럼 취하기 전에 자리를 접고 헤어졌다.

누가 뭐래도 시사모라는 괴생물체를 알게 되어 뿌듯한 날이었다. 항상 알을 품고 있는 물고기, 알을 낳는 게 목적이 아니라 품고 있는 게 목적인 물고기, 언제 어떤 놈을 잡아도 배 속에 알이 그득한 신비로운 물고기…. 어쩐지 사는 게 조금 더 재밌어진 기분이었다.

●

다음 날, 토요일이었다.

돌잔치가 열린 분당에 갔다가 아는 분들을 만나, 차를 얻어 타고 서울로 돌아오고 있었다. 그쳤던 비가 다시 내리기 시작했고, 길이 막혔고, 각자 가지고 있는 음악들을 돌아가며 스피커로 들어

보고 있었다. 이런저런 대화를 하다가 문득 지난밤의 시사모가 떠올라 입을 열었다.

"시사모 아세요?"

"그럼요."

"시사모엔 항상 알이 있대요."

"그렇죠."

"어떻게 그럴 수 있죠? 항상 알이 있다뇨?"

"아, 그게요."

G님이 말씀하셨다.

"산란기에 잡아서 냉동 보관하는 거니까요."

"……간단하네요."

"간단하죠."

꿈

길치의 약도 1

길치의 약도 2

이것은 언젠가 누가 그려달라고 해서 그려준 약도이다.

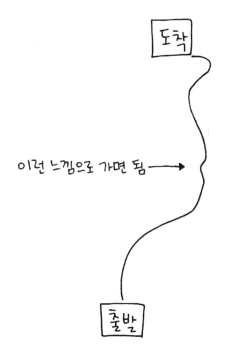

가는 길은 알아도 오는 길은 모른다

길치는 어딘가로 가는 길은 알아도 오는 길은 모를 수 있다. 물론 반대로, 오는 길은 알아도 가는 길은 모를 수도 있다. 어이없는 소리로 들린다는 걸 알지만 그것은 사실이다. 그러니 만약 약속 장소에 100번 버스를 타고 왔다고 말한 친구가, 돌아가면서 '100번 버스 정류장이 어디야?'라고 물어본대도 놀라거나 당황하거나 아까 100번 버스를 타고 왔다는 말이 거짓말이었는지 의심해서는 안 된다.

한편 혹시라도 길치와 함께 어딘가로 가면서 '이제 혼자서도 잘 찾아오겠지!'라는 생각이 든다면 잘못된 판단이란 것을 알려드린다. 당신은 '오늘 이렇게 함께 걸으면서 길을 알려줬다'고 생각하겠지만, 길치는 당신과 '함께 걸었을 뿐' 길을 알게 된 것은 아니기 때문이다.

길치와 함께 버스 정류장에서 만나서 어느 상점으로 10분쯤 걸어서 이동한 다음 물건을 사고, 다시 그 정류장으로 혼자 돌아가라고 해보자. 그는 깜짝 놀라면서 그럴 수 없다고 할 것이다. '조금 전에 걸어온 길을 그대로 돌아가면 되는데?'라고 추궁하겠지만 소용없다. 그게 안 되는 것이다. 그는 걸어오면서 함께 나눈 대화 내용과 맞은편에서 다가오던 사람의 어딘지 수상했던 표정, 헬스장 전단지를 나눠주던 아르바이트생의 독특한 억양, 노점 앞에 앉아 있던 상인의 챙 넓은 모자, 어느 상점에서 들려온 90년대 가요의 제목, 보도블록에 쏟아져 있던 음료수의 색깔 같은 것들은 기억할지언정 어떤 길로 왔는지는 기억하지 못하고 있을 것이다.

자꾸 반대로 타

희한하게도 길치는 자기가 지금 가는 길에 조금의 의심도 갖지 않곤 한다. 지하철을 탈 때도 아무 의심 없이 자연스럽게 반대편 방향을 타곤 한다.

나와 동행했다가 얼떨결에 반대 방향 지하철을 타고 말았던 사람들의 증언은 한결같다.

"네가 너무 자연스럽게 이쪽으로 오길래 이 방향이 맞는 줄 알았어!"

……맞는 길이라서가 아니라 그냥 발걸음이 가는 대로 걸었을 뿐이다.

언젠가 지하철 3호선을 타고 가던 길이었다. 내 앞에 서 있던 남자가 핸드폰으로 누군가와 통화하기 시작했다.

"어, 이제 안국역이야. 금방 도착할 거야."

그 말을 듣고 생각했다.

'이 열차는 안국역이 아니라 반대 방향으로 가는 중인데. 저 사람은 왜 저런 거짓말을 하는 걸까? 무슨 사연이 있겠지만, 그래도 금방 탄로 날 거짓말을 아무렇지 않게 하다니….'

그 지하철은 실제로 안국역 방향으로 가고 있는 것이 맞았다. 남자는 사실을 말하고 있었다. 내가 또 반대로 탔을 뿐이었다.

왼쪽 오른쪽

한편 나는 최근 길치를 극복할 수 있는 열쇠를 찾았다고 생각했다. 내가 길치라는 것을 알게 된 사람이 "왼쪽 오른쪽을 헷갈리는 사람은 계속 헷갈리더라고요"라고 말한 것이다. 그 말을 듣고 머리를 세게 맞은 기분이었다.

'왼쪽 오른쪽'이라니! 평소 길을 다니면서 전혀 염두에 두지 않은 단어가 아닌가? 그 말을 들은 후로 이제 길치를 벗어날 수 있을 것만 같았다. 그래서 어딘가를 갈 때 '가다가 왼쪽, 그리고 오른쪽, 다시 또 오른쪽' 하는 식으로 길을 외워두리라 생각했다.

그런 결심을 한 내가 한번 갔던 길을 어떻게 갔던가 다시 떠올렸을 때 생각난 것은 여전히 '왼쪽 오른쪽'이 아니라 그때 무슨 옷을 입고 있었고 기분이 어땠는지였다.

최고의 감자탕

내가 먹어본 최고의 감자탕은 어느 동네의 골목 안쪽에 있는 작은 감자탕집에서 파는 것이었다. 나는 감자탕을 무척 좋아하는데, 그럼에도 감자탕은 감자탕 맛일 뿐이니까, 누군가 나를 그 감자탕집에 데려갔을 땐 '잠시 후엔 감자탕을 먹겠구나' 생각할 뿐이었다.

그러나 주인아주머니가 대충 훌훌 끓여 내온 것 같은 감자탕은 보통 감자탕이 아니었다. 감자탕 중의 감자탕, 감자탕이라면 그래야 하는 감자탕이었다. 심지어 뼈에 붙은 고기까지 푸짐했다. 우리는 그곳에서 배부르게 취했다.

나를 그곳에 데려간 사람은 하필이면 그 당시 사귀던 남자친구였고, 몇 번인가 더 그 집에서 감자탕을 먹고 헤어진 이후로는 다신 가지 못했다. 감자탕 먹으러 갔다가 구남친 생각이 날까 봐 그런 것이 아니다. 내가 길치인 데다가 식당 이름마저 잊었기 때문에 찾아가려야 찾아갈 수가 없었던 것이다. 가끔 그 훌륭했던 감자탕이 떠오를 때도 '다시는 못 먹겠구나' 생각하며 아쉬워할 뿐이었다.

그렇게 십여 년이 흐른 어느 날, 나는 이런 트윗을 썼다.

○○동의 훌륭한 감자탕집에 다시 가고 싶은데 상호와 위치를 잊었기 때문에 다시 가려면 구남친과 우연히 마주쳐서 그곳이 어디인지 물어보는 방법밖에 없다.

그러자 놀랍게도 어느 분이 '혹시 이곳 아니냐'면서 인터넷 주소를 하나 보내주었다. 그 링크를 열어보고 나는 미친 듯이 웃었다. 내가 갔던 그 집이었다. 그리운 감자탕을 다시 먹기 위해 구남친과 마주치지 않아도 되는 것이다! 나는 신이 나서 그분의 트윗을 리트윗했다. 맛집이라 해서인지 많은 사람들이 리트윗과 하트를 눌렀다. 트윗을 보고 정말 그 집에 다녀왔다는 분도 있었다. 정작 나는 어쩐지 이런저런 다른 일정을 핑계 삼아 차일피일 방문을 미루고 있었다. 어딘지만 알게 되면 바로 달려갈 것 같았는데 이상한 일이었다.

하지만 결국 어느 날, 나는 그곳을 찾아갔고

감자탕은 여전히 맛있었으며

구남친과 먹었기에 유난히 맛있었다고 기억에 남은 것이 아니었

단 사실을 확인한 나는 몇 번이고 감탄사를 뱉으며 그 훌륭한

감자탕을 기분 좋게 먹을 수 있었다.

위험을 경고하는 자

몇 년 전, 새 작업실에 입주하며 직접 페인트칠을 하겠다고 나섰다가 의자에서 떨어져 등허리를 크게 다친 적이 있다. 다행히 가까운 곳에 유명한 정형외과가 있어서 치료를 잘 받았다.

얼마 후 빗길에 미끄러지면서 발가락 하나가 부러졌다. 역시 그 정형외과에 가서 깁스를 했다.

그리고 바로 그 다음 날, 지나가던 개에게 다리를 물려 다시 그 병원에 갔다. 의사는 나를 보고 웃음을 터뜨렸다.

"어제는 발가락이 부러지더니 오늘은 개한테 물려서 와요?"

웃음을 참지 못하고 폭소하는 의사가 얄미웠지만 사실은 나도 웃겼기 때문에 함께 웃고 말았다. 하지만 그 의사가 미처 모르는 것이 있었는데, 나는 평소에 그 병원 말고도 감전을 당해서, 눈을 찔려서, 발목이 삐어서, 다리미에 화상을 입어서, 접이식 의자의 등받이를 조절하다가 손가락이 끼어서 등 온갖 이유로 다른 동네 병원들을 들락거리고 있다는 사실이었다.

어쨌든 나는 늘 다른 식구들이 상상도 못하는 방법으로 다쳐놓고는 '이런 방식으로 다칠 수도 있으니 조심하라'고 잔소리하지만 다음에 또 다른 새로운 방식으로 다치는 건 결국 또 나이기 때문에 식구들은 '너나 잘해라'라면서 내 잔소리를 일축해버리곤 한다.

어쨌든 인류에겐 나 같은 개체도 필요한 것이다! 나는 인간이 다칠 수 있는 온갖 방식에 대해 경고하는 역할을 하는 개체이다. 지난달에는 길 위에 떨어져 있는 일회용 라이터를 밟으면 그대로 쭉 미끄러져 넘어질 수 있다는 사실을 트위터에 올려 인류에게 경고했다. 온갖 맹수들에 비해 신체적으로 여리디 여린 인류가 크고 작은 위험을 이겨내며 여기까지 살아남아 발전해온 것엔 나 같은 개체의 역할도 분명 있었을 것이다.

[리빙포인트] '내가 지금 왜 이 짓을 하고 있나'란 생
각이 든다면

'이 짓을 안 했을 때도 딱히 더 나은
일을 하지는 않았다'는 사실을 떠올
리며 침착해지세요.

3부

이러려고
이렇게 사는 게
아닙니다!

불면의 밤

나는 뭘 할 수 있을까?

뭘 하고 싶은 거지?

뭘 해야 할까?

뭘 좀 해야 하지
않을까?

그래도 뭔가
해야 하지 않을까?

뭐라도
하긴
해야
하지
않을
까
?

...

소심한 사람

오래전 회사에 입사하고 며칠 안 됐을 때였다. 상사가 물었다.

"대체 씨는 소심해?"

소심하다고 하면 좋지 않을 것 같아 아니라고 했다.

그러자 그분이 말했다.

"나는 소심한데…."

"……."

"여기 사람들은 다 소심한데…."

"……."

"우린 소심한 사람 좋아하는데…."

"……."

"애도 소심해."

"……."

"저기 쟤도 소심하고."

"……."

"소심한 사람이 좋은데…."

"……."

……사실은 나도 무척 소심한 사람이라고 말하고 싶었지만 소
심해서 말하지 못했다.

텔레마케팅

대학 시절, 실기 수업시간에 전화를 받으러 나가서 한참 통화하다가 들어온 적이 있다. 텔레마케팅 전화를 받고 보험에 가입하고 만 것이다. 사실 그 당시에는 그 보험에 드는 것이 무척 좋아 보였기 때문에 솔깃했다고 변명해보기도 하지만, 애초에 단호하게 거절하고 끊었다면 그렇게 솔깃했을 리도 없었을 것이다.

소심한 자의 반격

그래서 이미 가입하고 있는 보험회사에서 전화가 왔을 땐 더 이상의 추가 가입은 거절하기 위해 "바쁘니까 간단히 말해달라"고 무척 단호하게 말해보았다. 그러자 상담원은 보험료를 인상하겠다며 간단히 말하고 끊으려 했다. 저기 잠깐만요….

소심한 자의 복수 1

소심한 자의 복수 2

누가 바람피운 애인한테 복수하는 법을 물었는데 댓글들이 굉장해!

사실 나도 바람피운 전남친한테 복수한 적이 있어.

정말?

자동차 손잡이에 몰래 훈제 오징어를 문지르고 도망쳤지.

??

손잡이를 잡으면 냄새가 난다고!

꼼꼼 에너지

꼼꼼하게 일할 때 필요한 에너지를 '꼼꼼 에너지'라 대충 이름 붙이자면, 누군가는 꼼꼼 에너지가 남들보다 더 많이 필요한 것이다. 동일한 시간을 일해도 더 쉽게 피로해지겠지. 그게 나다.

운동화 세탁

칠 주의

초자연적 현상

눈썹 정리

진짜 자신을 소중하게 여긴다면
취한 상태로 눈썹 정리 같은 거
하지 마세요….

하이힐의 진실

8cm 하이힐 굽이 한쪽만 떨어져 나갔다.

이상해?

절뚝 절뚝

물론 이상하지…

보기에도 이상하고 걷는 것도 불편했다.

그럼 어떡해??

그러다 좋은 생각이 났는데

양쪽 굽이 모두 없으면 자연스러워 보이고 편할 거야!

그래서 있는 힘을 다해 나머지 굽도 뜯어냈다.

(길 한복판)

끙끙 끙끙

멀쩡한 굽을 뜯으려니 힘들었다.

기어이 다른 쪽 굽도 뜯는 데엔 성공했는데

나이스!

나의 예상이 빗나갔으니…

…

헉…

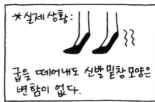

결국 그날 나는 계속 오르락내리락거리며 걸어야 했다.

랩

충분히 가져봐

오랜만에 후배를 만났는데 둘 다 살이 쪄 있었다. 살찐 것에 대해 투덜거리자 그 애가 말했다.

"누나, 살면서 뭔가 충분히 가져본 적 있어? 우리, 살은 충분히 가질 수 있어…."

봄

일어나지 못할 일은 없어

'나에게 일어나지 못할 일은 없다'는 생각을 하며 산다. 좋은 일이든 나쁜 일이든 간에 말이다. 나쁜 미래를 미리 상상하면 좋을 것 없다고들 하지만, 나쁜 일은 사람을 보아가며 찾아오지 않기 때문에 미리 상상하고 대비책을 생각해두는 것이 나쁘진 않다고 생각하는 편이다.

꽤나 비관적인 사람처럼 들릴 수도 있겠지만, 반면에 좋은 일도 마찬가지라고 생각한다. 나에게 갑자기 뜬금없는 행운이 언제 닥칠지, 그건 아무도 모르는 일이라고 생각하며 사는 중이다.

흠

나이가 들면서 얼굴에 잔주름이 여기저기 생기기 시작했다. 그러면서 부쩍 거울을 보는 시간이 늘었다.

그런데 얼굴을 자세히 보다보니 한쪽 뺨에 전에 없던 흠이 생겨 있었다. 거울을 이리저리 돌려보니 조명 위치에 따라 보이기도 하고 보이지 않기도 했다.

며칠간 그 부분만 계속 보고 또 봤다. 수시로 거울을 보며 그 부분을 체크했다. 볼수록 속상한 일이었다. 동생을 앉혀놓고 각도별로 얼굴을 돌려 보여주며 어디서 볼 때 잘 보이는지 말해달라고도 했다. 외출했을 땐 수시로 핸드폰 카메라를 셀피 모드로 돌려 그 부분을 확인했다. 분명 전에 없던 흠이었다. 노화가 분명했다. 한탄스러운 일이었다.

비극은 거기서 끝나지 않았다. 자꾸만 얼굴을 들여다보고 있자니 여기저기 다 좀 이상해 보이기 시작했다. 잔주름도 전보다 더 신경 쓰였고 얼굴 전체 윤곽도 별로였고 피부 톤도 고르지 않고 근육 때문에 생기는 그늘의 위치마저 마음에 들지 않았고…. 그야말로 총체적 난국이었다.

그러다 신세 한탄을 좀 더 적극적으로 하기 위해(?) 핸드폰에 있는, 예전에 찍은 사진들을 열어 현재의 모습과 비교하기 시작했다. 뭔가 이상한 것을 발견했다. 예전 사진들에도 그 흠이 있는 것이다. 이럴 리가 없는데? 이건 최근에야 발견했는데? 이상한 생각에 사진들을 몇 장이나 확대해봤지만 역시 같은 위치의 흠이 맞았다. 심지어 노화 때문에 최근에야 생긴 거라 믿은 그늘도 예전 사진에 그대로 있었다.

그제야 깨달았다. 내 얼굴 그 부위엔 전부터 흠이며 그늘이 있었다는 걸. 적어도 사진을 찍었던 당시, 그러니까 3~4년 전부터 그 자리에 같은 흠이 있었다는 걸. 단지 내가 그것을 알아차리지 못했던 것뿐이었다.

예전엔 있는 줄도 몰랐던 그 부분을 이제야 발견하고 온종일 신경 쓰며 살았던 것이다. 그 사실을 깨닫자 그간의 고뇌가 허탈하게 느껴졌다. 내 흠만 신경 쓰고 들여다보던 며칠이었다. 어째서 나는 스스로의 단점을 확인하려 애썼을까. 남이 해도 기분 나쁠 짓을 왜 내가 직접 하지 못해 안달이었을까.

문득 몇 년 전 작업실에 수납장을 새로 들이던 날이 떠올랐다. 그날 나는 수납장을 조립하면서 흥미로운 사실을 발견했다. 수납장의 선반은 MDF 합판이었는데, 겉면에 원목 무늬 시트가 붙어 있었다. 그런데 시트엔 나이테뿐만 아니라 여기저기 옹이가 그려져 있었다. 톱밥을 눌러 만든 MDF는 진짜 원목을 흉내 내기 위해 일부러 원목의 흠집인 옹이까지 따라 한 것이다.

'진짜엔 흠이 있구나.'

그때 깨달은 것을 어째서 스스로에겐 적용하지 못한 것일까?

나는 이제 내 얼굴의 흠과, 이미 생겼거나 앞으로 생길 노화의 흔적을 좀 더 너그럽게 받아들이기로 했다. 그런 후에 거울을 보니 기분이 썩 나쁘지 않았다. 그 흠은 그저 내 일부이고, 내가 인형이 아닌 사람이라는 증거일 뿐이었다. 앞으로 그것들을 비롯한 나의 여러 흠을 애써 들여다보지 않는 시간에, 나는 다른 많은 것을 볼 수 있을 것이다.

마음가짐

오늘도 '나같이 모자란 사람이 잘되는 경우도
전 세계 60억 사례 중에서
한 번 정도는 있을 수 있겠지'라는 마음가짐으로
하루를 시작합니다.

제발···

행운의 편지

중학교 1학년 때 행운의 편지를 받았다. 가족에게 솔직히 털어놓았지만 아무도 그 편지의 심각성에 대해 깨닫지 못해 혼자 그 무거운 짐을 짊어져야 했다.

수십 통을 돌려야 한다는데, 모두 복사하자니 용돈이 아까워 일부는 직접 손으로 베껴 쓰기 시작했다. 그리고 나에게 닥친 위기를 이해해주는 친구들과 함께 학교 근처 동네 주택가를 돌았다. 대문 밑으로 편지를 밀어 넣고 있는데 지나가던 아저씨가 우리를 붙잡았다. 이 집 저 집을 기웃거리는 게 수상하다는 이유였다.

혹시 도둑질을 하려는 거 아니냐는 아저씨의 추궁에 억울해서 행운의 편지를 보여주며 이런 걸 돌리고 있었다고 고백하고 풀려났으나, 그때 그 아저씨의 눈빛을 아직도 잊지 못한다. 아저씨는 다른 말을 잇지 못하고 한마디만 남겼다.

"너희… 이런 걸 믿니?"

결국 그날은 또다시 도둑으로 몰릴까 봐 준비한 편지를 다 돌리지 못했고 그 후로 내 인생은 이렇게 되었다.

그때 행운의 편지를 모두 돌렸더라면….

길몽

나는 로또 번호 여섯 개를 정해두고 늘 그 번호들로만 도전해서 1등을 한다는 노후 대책을 세웠는데, 그런 규칙을 정한 후로 상당히 성가시게 되어버렸다. 로또를 깜빡하고 사지 않은 주엔 혹시 그 번호가 당첨된 건 아닐까란 불안감에 휩싸이기 때문이다. 나는 자주 로또 사는 걸 잊기 때문에, 자주 불안감에 휩싸이며, 자주 이번엔 내 번호가 1등이 아니었다는 것을 확인하고 안도하고, 이번 주엔 안 사길 잘했다고 기뻐하면서, 다음 주엔 꼭 잊지 말고 사야겠다고 생각하고 다시 잊는다.

그러나 이번 주에 나는 제법 큰 길몽으로 여겨지는 꿈을 꾸었고, 그래서 로또 사는 걸 잊지 말아야 했다. 하지만 역시나 또 깜빡하고 말았다. 희한하게도 로또 사는 걸 깜빡했다는 사실은 당첨일인 토요일 밤, 꼭 추첨 시각을 넘긴 후에 생각나는데, 이번에도 마찬가지였다.

토요일 밤, 개를 데리고 산책을 나갔다가 로또가 떠올라 핸드폰으로 당첨 번호를 확인했다. 그 짧은 시간 동안 온갖 후회가 밀려왔다. 그렇게 좋은 꿈을 꾸고도 로또를 사지 않다니! 만약 이번 주에 그 번호가 1등이라면 나는 얼마나 큰 자책을 할 것인가.
살면서 로또 사는 것보다 중요한 일이 어디 있다고 그걸 까먹었
을까. 그런 생각을 하며 당첨 번호를 확인한 순간 숨이 멎을 뻔
했다. 처음 세 개의 번호가 일치했던 것이다. 나머지 세 개도 다
맞았다면 그 자리에서 주저앉았을지도 모르겠는데, 다행히 맞지
않았다. 어쨌든 세 개를 맞추긴 했다. 5천 원 당첨이었다.

몇 억을 놓친 게 아니라 단돈 5천 원을 놓친 것이었으니 아쉽지
않다고 생각하면서도, 그렇다면 내가 꾼 길몽은 대체 무엇이었
나 싶었다. 그 상서로운 분위기하며, 어딜 보나 전부터 여기저기
서 주워들은 전형적인 길몽이었는데! 길몽을 꾼들 내 길몽은 고
작 5천 원짜리란 말인가? 내게 주어질 수 있는 행운은 5천 원이
한계란 말이냐고!

토요일 밤 어둑한 동네 산책길에서 내가 잃지도 얻지도 않은 돈
을 놓고 분통을 터뜨리는 동안 개는 무심히 똥을 누었다.

개척 1

로또 번호 여섯 개를 얻어냈다.

적극적으로 삶을 개척하러 나왔다.

운

한편 나는 이렇게 요행을 바라는 사람치고는 비관적인 면이 없지 않아 있다.

자판기 음료수 버튼을 눌렀는데 두 개가 나왔다고 치자.

그러면 그 순간 '이번 주 운은 이것으로 다 쓴 것 같으니 로또는 사지 말아야겠다'는 생각이 드는 것이다.

물론 운이 굉장히 나쁘다 싶으면 로또를 산다. '이번 주엔 이렇게 운이 나쁜데 설마 로또까지 안 될 리가…'라는 생각인 것이다.

결론

나는 아마 지금 모습에서 크게 변하지 않을 것이다. 더 성실해진
다거나, 더 똑똑해진다거나…. 그런 일은 좀처럼 일어나기 힘들
것이다.
그러니 이런 내가 잘 살 수 있는 방법을 찾아야 한다.

나도 알아!

이러려고 이렇게 사는 게 아닙니다

뻔뻔할 수 있는 이유

여러분!
제가 뻔뻔한 것은
오히려 제가 매우
겸손한 사람이라는
증거입니다!

저 자신에게 단점이 있다는 사실을
못 견디고 괴로워하는 사람이 아니라,
단점들을 인정하고 기꺼이
수용하는 사람이라서
뻔뻔할 수 있는 것이죠!

꿀꺽

매미의 삶

어느 여름, 울어대는 매미 소리를 들으며 직장 동료가 입을 열었다.

"매미는 땅속에 몇 년이나 있다가 정작 밖으로 나와선 금방 죽는 게 불쌍해요."

"땅속이 살 만하니까 몇 년씩 있는 거 아닐까요?"

"뭐예요. 짧게 사는 게 슬퍼서 울잖아요."

"땅속은 편했는데 밖에 나오니까 짜증 나서 우는 건지도 몰라요."

물론 매미는 슬퍼서 우는 것도, 짜증 나서 우는 것도 아니고 짝 짓기를 하기 위해 운다. 아무튼 나는 사실 매미 정도면 땅속에서 평생 잘 살다가 죽기 전에 번식을 해야 하니까 잠깐 밖으로 나오는 생물로 봐도 되지 않겠냐고 생각한다. 나의 눈에 매미란 아늑하고 편안하고 새 같은 천적도 별로 없는 땅속에서 잘 살다가 대를 잇기 위해 위험천만한 땅 위로 올라와 몇 주 만에 임무 완수하고 세상을 뜨는 생물인 것이다.

심지어 수명도 길다. 종에 따라 5년에서 17년까지도 산다는데, 그 정도면 곤충 세계에선 '장수 만세'다. 그러니 땅 위에서 사는 시간이 짧아서 불쌍하다고 하는 소릴 매미가 알아듣는다면 코

웃음을 칠지도 모를 일이다. 누가 뭐래도 매미의 일생은 땅 위에서 사는 단기간만이 아니라 굼벵이 시절까지 포함된 것이다.

그리고 생각한다. 인간의 삶도 마찬가지일 거라고. 언젠가 그럴 듯한 날개를 달아본다면 좋겠지만, 끝내 그러지 못한다 해도 그것 또한 어엿한 나의 삶이라고. 누가 뭐래도 나의 삶은, 굼벵이처럼 바닥을 기는 지금 이 순간까지 포함된 것이다. 진짜 삶이란 다른 게 아니라 지금 내가 사는 삶이다.

애송이

산책하러 나와서
조금씩 날리는
눈을 본다.

나는 겨울이란 계절을 아직 백 번도
채 겪어보지 않은 사람이다.

애송이지.

그러니 내가 인생을 잘 못 살아도
나를 비웃지 마라….

풀짝

[리빙포인트] 오늘따라 자신이 한심하게 느껴진다면

평소에도 그랬다는 사실을 떠올리며
안심하세요.

4 부

망한
걸까

겨울 해

겨울 해는
일찍 저물어서

오늘 하루도 망했다는 것을
좀 더 일찍 깨닫게 하지….

오늘도 망했구나…

발길질 에너지

내 평생 허공에 쓸데없이 발길질한 에너지를 잘 모아뒀다면
남은 생 긴긴 밤에 전구라도 켤 수 있을 텐데….

인생 꼬는 소리

어느 날, 어디서 요란한 소리가 들려 둘러보니
내 인생 내가 꼬는 소리였다.

그리고 얼마가 더 지난 후에 깨달았다.
'아… 지난번은 양호한 거였구나….'

지하 100미터 아래에 있는 기분이 들 때가 있다.

일이 잘 풀릴 때의 나

지하 100미터인 것은 여전하다.

고난의 평행이동

다니던 직장의 구내식당 밥은 원래 맛이 좀 없었다. 어느 날 주방장이 바뀌었는데, 새로 온 분이 하는 밥은 전혀 다른 차원의 맛이었지만(음식이 많이 달라졌다) 여전히 맛은 없었다. '맛없음1'에서 '맛없음2'로 바뀌었을 뿐이었다.

그 무렵 나는 오랫동안 프리랜서로 지내던 날들을 접고 다시 직장에 들어간 참이었다. 처음에 다시 직장 생활을 하면서는 프리랜서 때와 달리 꼬박꼬박 나오는 월급부터 시작해 모든 것이 좋아 보였다. 그러나 한 달, 두 달, 시간이 흐르면서 직장 생활의 고달픔이 하나하나 되살아나기 시작했다. '아, 내가 이래서 예전에 직장 다니는 걸 힘들어했지'라고 새삼스레 깨닫는 연속이었다. 그렇다고 프리랜서 생활이 좋기만 했던가 하면 당연히 아니다. 거기엔 다른 종류의 고달픔이 있지.

그리하여 생각했다. 인생은 어째서 '고단하거나/고단하지 않거나'가 아니라 '이쪽으로 고단한가/저쪽으로 고단한가'인가? 마치 구내식당의 밥처럼, '어려움1 → 어려움2'가 되거나 '고난1 → 고난2'가 되거나 '고단함1 → 고단함2'가 되거나인 것이다.

이것을 '고난의 평행이동'이라 이름 붙이겠다. (얼씨구)

실패

'어른이 되는 것에 실패했습니다'라고 조물주든 창조주든 누구에게든 무릎 꿇고 울면서 사실대로 털어놓고 처분을 기다리고 싶은 밤이 있다.

속도가 맞지 않았어

몇 년 전 나는 어쩌다 1인 창업을 해서 사업을 하다가 폭삭 망했다. 그 사실을 아는 사람들은 나에게 이런 말을 건네곤 했다.

"(그 일을 하면서) 많이 배우셨겠네요."

"그럼요. 어떤 일을 하든 배울 것은 있으니까요."

"오…."

"다만 제가 뭔가를 배우는 속도가 제가 망하는 속도를 따라가지 못해서, 인생이 이렇게 되었습니다…."

교훈

형벌

지옥에 가면 지금 인생 그대로

한 번 더 사는 형벌이 기다리고 있을 것이다.

어머니 놀라지 마십시오

중학생이 되면서부터 엄마에게 성적표를 공개한 적이 없다. 엄마는 늘 내가 알아서 공부하고 있겠거니 하다가 나중에 성적을 알고 놀랐는데, 어른이 되자 통장 잔고를 두고 같은 과정이 되풀이되고 있다.

"뭐뭐뭐 괜찮던데. 하나 사봐."

"그 정도 돈은 없는데….."

"그 정도도 없어?!"

먹고살 건 많아

〈K팝스타 4〉를 보고 있었다. 음악에 집중하기 위해 직장을 그만 뒀다는, 그러나 음악만으로는 생계가 불안정해서 이번이 마지막 기회라 생각하고 참가했다는, 서른두 살 참가자가 탈락한 날이었다. 그와 가까이 지내던 다른 참가자가 눈물을 쏟자 그가 말했다.

"괜찮아. 먹고살 건 많아."

그 장면에서 나도 기어이 눈물이 났다. 괜찮지 않다는 걸 알고 있기 때문이었다. 그 후로 아직도 가끔 그 장면이 떠오를 때면 울컥하는 마음이 된다. 그의 말처럼, 먹고살려면야 할 수 있는 다른 일이 많을 것이다. 왜 없겠는가? 그렇다고 하고 싶은 일을 할 수 없는 것이 괜찮은 것은 아니다.

그저 일할 수 있기만 해도 다행인 시절이라고 한다. 먹고살게 해줄 일이 있다는 것만 해도 행운이라고 한다. 당장 생계를 이을 수 있느냐 없느냐가 관건인 상황에서 꿈이라거나 하고 싶은 일이라거나 그런 건 너무 먼 이야기인지도 모른다. 수도 없이 많은 이들이 꿈을 포기한 채 살아가고 나도 그중 하나일 뿐이다. 하지만 그렇다고 그게 괜찮은 것은 아니다.

사람들도 알고 있을 것이다. 정말 괜찮은 건 아니라는 걸 알고 있을 것이다. 그러나 그래서 어쩌란 말인가? 뾰족한 수가 따로 있는 것도 아니고 삶은 너무 고달프다. 그러니 서로에게 혹은 자기 자신에게 건네고 있는 것이다. 격려하듯, 위로하듯, 확인하듯, 다짐하듯, 조용히 달래듯, 먹고살면 됐지, 먹고산다는 게 어디야, 먹고사는 게 중요하지, 야야, 먹고살 건 많아.

하지만 사실은
당신도 이미 알고 있듯 정말 괜찮지는 않은 것이다.

아니겠지?

인생이란 1

여러분은 인생이 뭐라고 생각하십니까?

제가 생각하는 인생은 맨정신으로는 살기 힘든 세상인데 맨정신

이 아니면 비난받는 것입니다… 딸꾹.

인생이란 2

인생이란 무엇인가. 잘 살아보자고 스스로를 격려하는 의미로
초콜릿 아이스크림을 사 먹곤 잘 살지는 않는 것이다.

인생이란 3

인생이란 무엇인가. 썩 좋아하지도 않는 충무김밥을 그리워하며 사람들과 트위터로 충무김밥 이야기를 하는 것에 30분을 써버리고 다음 날 아침에 일어나며 30분만 더 자면 소원이 없겠다고 절규한 뒤 결국은 충무김밥을 사 먹으러 가지도 않는 것이다.

답이 없어

돈이 없을 때야말로 '인생이란 무엇인가'란 의문이 드는 때인데 돈을 버느라 일하기 바빠 고민할 틈이 없다. 한숨 돌릴 때는 그 딴 의문이 떠오르지도 않으니 결국 답을 찾을 수 없다.

그 말을 듣지 않기 위해

"내 그럴 줄 알았지"라는 말을 듣지 않기 위해 얼마나 많은 일을
하거나 하지 않는가?
정말 하고 싶은 일도 아니면서.

허전함을 뭐로 채워?

어떤 일을 할 때 이것이 단지 내 허전함을 달래기 위한 것은 아닐까란 생각을 하곤 한다. 하지만 허전함을 달래는 것은 좋지 않은 일일까? 허전함을 달래기 위한 옳은 방식은 따로 있는 것일까? 이렇게 묻고 싶다.

술을 마시고 초콜릿을 까먹고 자질구레한 것을 사들이는 일 따위를 아무 죄책감 없이 하고 싶다.

"다 그냥 허전해서 하는 짓 아냐?"

"맞아. 그런데 그럼 허전함을 뭐로 채워? 오리너구리?"

모두 망합니다

여러분! 인생을 크게 보면
한 인간이 태어나
서서히 망하는 과정입니다.

지금 좀 먼저 망했다고
의기소침할 필요가
없습니다!!

어차피 결국
모두 망합니다!

와~   와~

와~

~와~

능력

신은 나에게, 작은 모기 소리도 놓치지 않고 감지해서
자다가도 눈뜨게 하는 능력을 주었지.

그러나 모기를 잘 잡는 능력은 주지 않았다.

근본

범고래

삶이여

비루함을 견디는 하루를 보내며 '짐승들은 이런 한탄을 하지 않으리라. 그저 주어진 삶을 꿋꿋하게 살아낼 뿐이리라' 마음을 달래던 중. 〈TV 동물농장〉 재방송을 무심코 보는데, 하이에나들이 돼지 살점 하나 얻으려고 일인자에게 아양을 떠는 광경이 나왔다. 삶이여….

망가진 내 모습에 익숙해지지 말자

인생이 바닥을 칠 때마다 혼자 수시로 다짐했던 것이 있다. '사람이 잘 안될 수는 있어도 못나서는 안 된다'는 것이었다. 일이 잘 풀리고 안 풀리는 건 어쩔 수 없다 해도 나 자신이 못난 사람이 되는 것은 참을 수 없을 것 같았기 때문이다.

'다 싫고, 그냥 이렇게 살다 죽을란다' 싶을 때도 있었지만 그래서는 안 된다고 마음을 다잡곤 했다. 지금 내 상태는 내 원래 모습도 아닌데 왜 그 상태로 계속 살겠다는 것인가? 내가 망가졌다고 느껴질수록 독하게 생각해야 했다. '망가진 내 모습에 익숙해지지 말자'고.

나 자신이 싫은 날

나 자신이 너무 싫은 날은 세상도 다 못마땅해 보이기 때문에, 뭐든 자세히 보지 말아야 한다. 하다못해 비뚤게 찍힌 스테이플러를 보고서도 내 인생 같다는 생각이 든다.

자신감이 바닥인 날엔 인생이 실패한 증거를 열심히 찾게 된다. 증거는 계속해서 나올 것이다. 열심히 찾고 있으니까 계속 나올 수밖에.

인생이 온통 실패한 것처럼 느껴진다면, 스스로에게 쏟고 있던 열띤 관심을 잠시 접는 게 좋다. 그리고 맛있는 것을 먹읍시다….

복숭아의 삶

복숭아를 먹었다. 냉장고에 넣어둔 지는 오래되었는데 그간 복숭아가 있다는 사실조차 잊고 있었다. 기대하고 먹었지만 별로 맛이 없었다.

복숭아가 열리기까지 많은 노력과 시간이 필요했을 것이다. 맨 처음 열매가 열릴 수 있는 정도의 나무가 자라기까지도 많은 시간이 들었을 것이다. 전에 벤자민과 소나무 묘목을 키워보려다가 실패하고 죽였던 것이 떠올랐다. 나무를 크게 키운다는 건 생각보다 어려운 일이다. 일단 어느 정도 자라기까지가 힘든 일이다. 많은 묘목이 어엿한 나무가 되기 전에 죽는다.

내가 먹은 복숭아가 열렸던 나무도 그렇게 자라기까지 이미 힘든 과정을 겪고 살아남았다. 그리고 열매를 맺은 후에도 계속되었을 비바람과 가뭄, 해충 등의 시련을 모두 이기고, 농부의 손에서 유통업자의 손을, 트럭을, 마트를, 함부로 과일을 뒤적이는 사람들의 손을 거치면서도 끝내 흠집 없이 살아남아 나에게 전달된 것이 오늘 내가 먹은 복숭아였을 것이다.

그러나 복숭아는 맛이 없었다. 맛없는 복숭아를 먹고 나서 생각했다. 기껏 복숭아가 되었으나 맛없는 복숭아도 있는 것이다. 복숭아의 삶도 그런 식이다. 사람의 삶과 다를 것이 없다. 저마다 힘든 시기를 견디고 살아남아 무언가를 이루더라도 그게 아무것도 아닐 수도 있다. 모두가 대단한 무언가를 이룰 수 있는 것이 아니다.

결국 그게 삶이다. 나에게만 닥치는 유난한 시련이 아니라, 그냥 그게 삶인 것이다.

남 탓

언젠가 모든 일을 남 탓으로 돌리는 사람을 보며 '스스로 책임질 일이 하나도 없다면, 대체 자기 삶은 어디에?'라고 생각한 적이 있다.

때로 책임지고 사과하고 감당하고 후회할 일이 있다는 것을 내가 내 삶을 결정하며 살고 있다는 증거로 받아들이기로 했다.

내가 저지르고 내가 감수한다.

억울하지는 않다. 다만 고독하게 망할 뿐이다.

새순

산책을 하다가 나뭇가지 끝마다 돋아 있는 새순을 보았다. 크게
자란 나무인데도 새순은 여린 연두색이다. 그러나 반대로, 고작
새순이지만 그것은 큰 나무의 일부이고 어느새 다른 잎들처럼
자랄 것이다.

어떤 일을 처음 시작하는 서툰 신세, 낯선 환경이라도 그것은 새
순처럼 나의 일부일 뿐, 그 끝엔 수십 년 살아온 '내가' 버티고
있다는 걸 떠올리면 불안한 마음이 조금 사라지지 않을까란 생
각을 해보았다.

괜찮습니다, 의미가 없어도

알고 지내던 어느 분이 '모든 일엔 의미가 있고 배울 게 있다. 지금 힘든 시기도 의미가 있을 것이다'라고 하셨다. 긴 얘길 나누고 싶은 기분이 아니던 때라 '네, 네' 대답하고 말았지만….

나는 모든 일엔 의미가 없을 수도 있으며 차라리 겪지 않는 편이 훨씬 나은 일도 많다고 생각하는 편이다. 그럴 수도 있는 게 인생이라고 생각하기 때문에, 지금 이 시기가 나중에 돌아봤을 때 아무 의미 없대도 받아들일 준비가 되어 있다.

사실 비교적 최근까지도 내가 정말 그럴 수 있을까란 의문이 들어 때로는 무섭기도 했지만, 이젠 말할 수 있을 것 같다. 어떤 일에 쏟은 내 시간과 정성과 노력이 아무 의미 없었다고 판명이 되더라도, 나는 그걸 받아들이고 다시 다음 일을 시작할 것이다.

실패했을 때 오래 기죽지 않고 '흠, 그렇단 말이지' 하고 다음 일을 계속하는 사람이 되고 싶다.

이왕이면 수달

곰곰이 생각해보세요. 지금 그 문제를
고민할 때가 아니라 더 큰 문제가 있을
것입니다.

5부

이 와중에
즐거워

맥주가 제일입니다

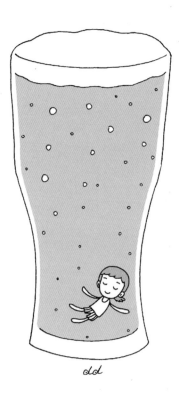

맥주가 제일이라고요

189

응급상자

일반 가정집이라면 비상시에 필요한 응급상자가 반드시 있어야 한다. 갑자기 태풍이 몰아치거나 좀비 떼가 서울을 휩쓰는 상황이 벌어진대도 초콜릿 한 조각은 먹을 수 있도록. 적어도 하루 저녁 이상 버틸 수 있는 초콜릿, 맥주, 마른오징어 등이 구비된 응급상자가 당신의 정신 건강을 지킨다.

씩씩한 이유

누군가 오늘따라

퇴근합니다!

이유 없이 씩씩해 보인다면

의기

양양

척척

그 사람의 냉장고엔 피자와 맥주가 들어있다고
짐작해도 좋을 것입니다.

맥주

이번 역은
시청역, 시청역…

카레 보험

카레를 사 들고 오는 마음이 든든하다. 오늘 나에게 어떤 짜증
나는 일이 닥친대도 카레를 먹게 된다는 사실엔 변함이 없지!
이것이 오늘의 카레 보험.

비빔국수를 먹는 사람

인생이 꼬였을 땐

비빔국수를 먹는다.

인생이 꼬인 사람에서

인생이 꼬였지만
비빔국수를 먹는 사람으로
급변신!

둘은 매우
다릅니다.

비 오는 날의 짬뽕

여러분, 비 오는 날의 짬뽕은 그냥 짬뽕이 아니라 '비 오는 날의 짬뽕'입니다. '비 오는 날의 짬뽕'이 온전한 음식명인 것입니다. 그냥 짬뽕의 맛이 80이라면 비 오는 날의 짬뽕은 120이죠. 이 메뉴는 비 오는 날만 전국 중국집에서 판매합니다.

하지만 중국집들은 비 안 오는 날의 짬뽕 매출이 줄어들 것을 염려해 이 사실을 쉬쉬하고 있죠. 그러니 오늘처럼 비가 오는 날이면 서둘러 중국집에 가셔요. 그리고 탁자 앞에 앉아 다 알고 왔다는 듯이 크게 외치셔요.

"여기 비 오는 날의 짬뽕 하나요!"

스트레스

극심한 스트레스를 받으면 나는 주로 걷는다. 무작정 나가서 걷기도 하고, 사무실 바닥에 분필로 선을 그어놓고 선을 따라 하염없이 돈 적도 있다. 비 오는 날 우비를 입고 20킬로미터쯤 걸은 날도 있다.

그렇게 스트레스로 괴로워할 체력을 다 써버리는 것이다.

힘들었던 날은 뼈해장국을

나에겐 힘들었던 날은 뼈해장국을 먹는다는 규칙이 있다. 마음만은 탁자를 탕탕 두드리며 "여기 돼지 간 볶음 한 접시!"라 외치는 허삼관이다.

'힘들었던 날은 이 음식을 먹는다!'라는 규칙을 정해 지켜보자. 그 음식을 먹는 것으로 하루를 마감하며 자기만의 의식을 치르는 것이다. 자기만의 소울 푸드라면 좋을 것이다. 내 생각엔 뭐니 뭐니 해도 뼈해장국이지만.

정전기 대처법

겨울철 정전기로 치마나 바지가 스타킹에 들러붙을 때는,
누군가와 마주칠 때마다 두 팔을 현란하게 움직여
시선을 빼앗으면 좋다.

아차벨

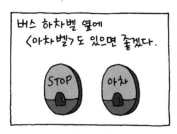

봄에 걷는 법

척척척

샥

척척척

샥

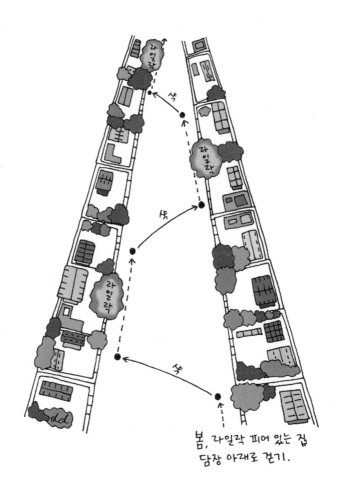

봄, 라일락 피어 있는 집
담장 아래로 걷기.

파전 비밀 결사대

파전 비밀 결사대가 있으면 좋겠다. 비 오는 밤 약속한 비밀 장소에 모여 파전을 부쳐서 아주 비밀스럽게 먹는. 서로의 신상은 묻지도 않고 말없이 파전만 묵묵히 먹은 후에 고개만 한 번 끄덕, 하고 헤어지는.

하지만 오래갈 리가 없어. 그 와중에도 어떻게 눈이 맞아 연애하다 깨지는 커플이 생기기 시작하고 대원들에게 온수매트를 팔아보려는 자가 나타나고 몰래 현장 사진을 찍어 트위터에 올리는 자가 생기면서 끝나겠지. 아무래도 나처럼 비관적인 상황을 미리미리 떠올리는 사람은 비밀 결사대 같은 건 선뜻 결성하지 못하는 것이다.

앞머리 살인마

앞머리를 직접 잘랐다. 앞머리가 톱니가 되었다.

이걸로 무도 썰고 각목도 썰 수 있을 것 같다.

마음만 독하게 먹고 모터를 달면

앞머리 살인마도 될 수 있을 것이다.

손이 저린 이유

아침에 일어나니
양손이 저리고
눌린 자국이 있었다.

지난밤, 나는 대체 어떤 자세로 잔 것인가??

전화

무더운 여름날이었다. 전화가 걸려왔다.

"송정 해수욕장인데 배달되죠?"

전화를 건 젊은 남자에게 잘못 거셨다고 말하고 끊고 나서 후회
했다. 한 5시간쯤 걸린다고 말하고 뭐든 들고 갈걸.

그게 아니라

택시에 타자마자 기사님이 말을 거셨다.

"차에서 냄새가 많이 나죠?"

"네?"

"지금 막 차를 새로 뽑아서 나오는 길에 손님을 처음으로 태웠거든요. 냄새가 많이 나겠지만 양해해주세요."

기사님은 무척 즐거워 보였다. 새 차를 뽑은 걸 축하한다며 인사를 건네고 잠시 후, 내가 말했다.

"기사님, 저 창문 좀 열게요."

"네? 안 됩니다. 방금 선팅을 해서 지금 열면 안 돼요. 차 냄새가 너무 심하죠? 죄송합니다."

아니, 아니었다. 그게 아니라 내가 방금 막 방귀를 뀌었기 때문이었다. 차마 그 말을 하진 못했지만 기사님도 어차피 곧 알게 될 상황이었다. 나는 말없이 창밖을 멍하니 바라보았다. 기사님도 말이 없었다. 그렇게 서울시에서 가장 조용한 택시가 막히는 도로 위에 서 있었다.

노천 어묵탕

돈이 정말 많다면 집에 개인 목욕탕 하나 만들고 싶다. 냉탕은 맥주, 온탕은 어묵탕으로 만들어놓고 신나게 왔다 갔다 하고 싶다. 그리고 탕에서 나오면 커다랗고 뜨끈한 햄버그스테이크 위에 누워 찜질하는 것이다.

부자가 된다면 1

부자가 된다면 큰 건물을 하나 사서 꼭대기에 전광판을 달아 매일 아무 의미 없는 말을 내보내고 싶다. 〈배고프다〉라거나 〈쿄쿄쿄쿄쿄〉, 〈오늘 닭볶음탕 먹었다〉, 〈이제 졸리네ㅋ〉 같은 거. 전광판 트윗이랄까.

아, 아무 의미 없고 쓸데없는 일에 돈을 쓰고 싶다!

부자가 된다면 2

오늘도 돈을 벌기 위해 인생을 써버리고 있다. 꼭 내가 하지 않아도 될 일, 나만 할 수 있는 일도 아닌 일을 하면서 다시 안 올 오늘을 보내고 있다. 돈을 많이 벌면 내 남은 인생을 모두 사서 내가 가질 수 있겠지. 부자가 된다면 내 남은 인생을 모두 사서 마음대로 쓸 테야.

오늘도 부질없는 상상을 한다.

웃음의 수고

아기가 있는 가족이 옆집에 이사왔다. 그날부터 밤낮을 가리지 않고 아기 우는 소리가 들렸다. 부모가 밤잠도 설치고 무척 고생하고 있을 게 눈에 훤했다.

아무리 달래도 그치지 않는 울음소리를 들을 때마다 저 아이는 왜 저렇게 우는 걸까 궁금했다. 아직 어떤 의무도, 책임도 없으면서 저렇게 크게 울 일이 뭐가 있단 말인가? 그러다가 어떤 일 때문에 몹시 짜증 났던 어느 날, 때마침 들려온 아기의 울음소리를 들으며 깨닫고 말았다.

'아, 아기는 누가 알려주지 않아도 세상이 짜증 나는 곳이란 걸 아는 거구나!'

그래서 아기들은 태어날 때부터 우는 것이다. 따뜻하고 편안했던 엄마의 배 속을 벗어나는 순간, 이제부터 긴 고난이 시작된다는 사실을 직감하고 짜증이 나서 울어대기 시작하는 것이다.

그렇게 결론을 내리고 나니 옆집 아기가 울 때마다 나도 같은 심정이 되어서 '너도 짜증 나니? 나도 짜증이 난단다' 같은 혼잣말을 건네게 되었다. 아기는 자기가 어릴 적 어느 날 이웃집 30대여성과 같은 마음이었던 순간이 있었다는 걸 영영 모르고 자라 겠지만.

그러다 시간이 더 지난 어느 날이었다. 처음으로 아기가 웃는 소리가 들려왔다. 그 소식을 모친에게 전하니 원래 웃는 건 좀 더 커야 가능하단다. 아, 혹시 인생의 기본값은 원래 우는 것인데, 좀 더 자라 뭘 좀 알게 되면 웃을 수 있게 되는 거였나.

누구나 울면서 살기 시작하지만, 결국은 웃는 법을 배운다. 우리는 알 수 없는 이유로 영문도 모르고 태어나 생이 다할 때까지 살아야 하지만, 다행스럽게도 틈틈이 웃을 수 있다. 그리고 웃음은 삶의 기본값이 아니기에, 우리는 웃기 위해 약간의 수고를 주고받아야 한다.

운동

앞서 가는 아저씨, 일부러 뒤로 걷는
운동 중이란 건 알지만

이 골목엔 우리 둘뿐인데,
나랑 계속 마주 보며 갈 건가요‥‥.

스님

바다의 비밀

행복했던 순간

억울함을 풀어줘

그 다음 사또에겐 '억울하게 죽은 처녀귀신+
억울하게 죽은 사또 귀신+억울하게 죽은 사또 귀신+
억울하게 죽은 사또 귀신'이 나타나고

이런 식으로 결국은...

리듬체조

리듬체조 경기를 볼 때마다 선수들의 유연함에 감탄한다.

내가 허리를 뒤로 꺾어 생기는 공간에 공을 끼우는 건 천벌을 받는 순간일 것이다.

긍정적인 마음

객관적으로 보았을 때 전혀 좋지 않은 상황에 있는 사람이 그럼에도 긍정적인 태도를 보일 때 사람들은 "어떻게 그렇게 긍정적이에요?"라고 묻는다. 그러나 오히려 긍정적인 마음가짐을 갖지 않고는 버티기 어려운 시기가 있는 것이다. 누군가 힘든 상황에서도 한결같이 긍정적인 마음으로 세상을 살아가고 있는 것처럼 보인대도, 그는 어쩌면 긍정적이기 위해 최선을 다해 애쓰고 있는 것인지도 모른다.

웃음

어느 새벽, 뭔가 웃기는 일이 하나 생겼다. 그러나 그 얘길 듣고 웃을 사람은 그간의 사연을 다 아는 친구 S뿐이었다. 다른 사람에게 처음부터 얘기하자면 얘기도 장황해지고 싱거운 반응만 있을 것이 분명했다. 그러나 그 친구는 잘 시간이라, 아침이 오기만을 기다린 그 시간이 무척 길게 느껴졌다.

구구절절 설명하지 않아도 함께 웃을 수 있는 사연이 많은 친구가 귀하다.

모르는 척

사람들 사이에 오가는 미묘한 기류가 감지될 때가 있다. 말하는 사람이 없어도 저절로 눈치채게 되는 일들이 있는 것이다. 특히나 누가 누굴 좋아하고 싫어하는 상황이라면 더욱 그렇다. 감추고 싶어도 절대로 감추어지지 않는 마음들이 있다.

아마도 언젠가의 내 마음도 빤히, 또는 슬며시 눈치챘을 텐데도 모르는 척했을 친구들에게 문득 고마워진 날이 있었다.

때로는 내 마음을 알아봐주는 사람이 아니라, 모르는 척해주는 사람이 고마운 것이다.

천국이라면

아~ 역시 맥주를 마실 때가 제일 행복해~

천국엔 맥주가 흐르고 있을까~

맥주의 강

아니겠구나. 천국엔 술 따위 없을지도…

천국이라면 맨정신으로도 행복할 수 있을 테니까.

위로

어느 늦은 밤에 귀가하다가 그 시각까지 열려 있는 제과점 앞을 지나쳤다.

늦은 밤에 케이크를 살 수 있는 곳이 있다는 사실이 어쩐지 위로가 되었다.

언젠가 기쁘거나 슬픈 날, 그게 늦은 밤이어도 저곳에서 케이크를 살 수 있을 것이다.

223

뜨개질

나도 뜨개질을 할 줄 안다. 하지만 마무리하는 법을 모른다. 이게 무슨 말이냐면, 뜨개질을 시작하면 영원히 떠야 한단 뜻이야. 목도리 하나를 뜨기 시작했을 뿐인데 마무리를 못해 계속해서 뜨다보면 목도리가 끝없이 길어질 것이다. 지구가 뒤덮일 거라고. 그래도 나는 울면서 계속 뜨개질을 하겠지. 마무리를 못하니까….

이제 나의 무서움을 알겠지. 나를 화나게 하지 마라. 여차하면 뜨개질 바늘을 손에 쥘 거야. 지구를 멸망시킬 거라고. 그때 가서 울고불고 사정해도 소용없어.

[리빙포인트] 가끔 사정없이 허전함이 밀려든다면

체내에 딸기 케이크가 부족해서 나
타나는 현상입니다. 딸기 케이크를
공급해주십시오.

6부

무엇이
되지
않아도

꽃눈

3월인데도 함박눈이 쏟아지던 날이었다. 눈이 오는 장면을 부지
런히 카메라에 담다가 목련 나무가 눈에 들어왔다. 솜털로 뒤덮
인 꽃눈이 가지마다 빼곡하게 달려 있었다. 목련은 겨우내 조용
히, 그 작은 털옷 속에 꽃잎을 준비해오고 있던 것이었다. 봄이
되면 하얀 꽃을 피우기 위해.

화려하지 않은 순간에도 목련은 살아가고 있다. 우리 모두처럼.

질 때

목련이
진다.

사람들은 지는 목련을 흉보지만

피어 있을 땐 예쁜데
지고 나면 추해.

나는 목련 편이다.

...

꽃도 사람도
질 때 아름답지 않을 수도
있는 것이다.

종합세트

어릴 때 몇 번인가 어른들에게 과자 종합세트를 받은 적이 있다. 처음엔 마냥 기뻤다. 크기가 크고 포장이 화려하니까 받았을 때 기분도 좋았다.

그러나 종합세트를 받는 게 되풀이되면서 나중엔 그리 반갑기만 하지도 않았는데, 그 안엔 내가 좋아하지 않는 과자도 많았다. 그래서 과자상자를 보며 '세트란 이런 것이군' 생각하곤 했다.

좋아하는 것보다 별로인 것이 더 많지만, 선택의 여지없이 세트로 함께 받게 되는 것. 어릴 땐 그런 게 고작해야 과자상자뿐이었다. 나이를 먹으면서 세상 많은 일이 대체로 그런 식이라는 걸 알게 되었다. 운 좋게 좋아하는 일을 하게 되더라도 거기엔 반드시 하기 싫은 여러 과정이 뒤따른다.

이젠 인생의 모든 순간을 내 마음에 드는 일로 채우고 싶다는 생각은 하지 않는다. 물론 그러면 좋겠지만 아마 그런 삶은 여간해선 주어지지 않을 것이다. 그냥 그 사실을 받아들이고 마음에 들지 않는 순간을 견딜 수밖에. 인생은 종합세트이니까.

반짝이는 순간

사업을 하며 이리저리 물건을 팔러 다니던 때였다. 어느 쇼핑몰 지하에서 며칠간 진행된 판매 행사가 끝난 날이었다. 팔다 남은 짐을 챙겨 파김치가 된 몸으로 택시를 탔다. 택시는 강변도로를 타고 달렸다. 그 덕에 한강 주위의 근사한 야경을 내내 감상할 수 있었다.

야경은 보는 것만으로 사람의 마음을 말랑거리게 하는 면이 있지만, 나는 그 와중에도 그 불빛 하나하나 속에 어떤 우울한 사연들이 있을지 상상하는 고약한 버릇이 있다. 계속되는 야근으로 피곤하기 짝이 없는 사람도 있을 것이고, 방금 애인과 헤어지고 돌아와 울고 있는 사람도 있을 것이다. 누군가는 빚쟁이의 독촉 전화를 받고 있을 것이며, 누군가는 상습 폭행을 당하고 있을 것이다. 그러나 멀리서 보기엔 그저 반짝이는 불빛일 뿐이다. 연달아 행사하느라 고된 내가 타고 있는 택시의 불빛도 강 건너 누군가에겐 아름다운 야경의 일부일 것이었다.

멀리서 봐야 빛나는 달과 별처럼, 우리는 멀리서 서로를 아름답다고 느끼며 위로받는다. 저마다 다른 슬픔을 가진 채, 단지 밤이라는 이유로 서로에게 빛나는 존재가 된다. 어느 밤 내가 서러운 일로 목 놓아 울고 있던 순간에도, 누군가는 내 방의 불빛을 보며 위로받았을 것이다. 의식하지 못하는 사이에 우리는 서로에게 반짝이는 위로가 되는 순간이 있는 것이다.

평온한 일상

택배를 부치러 택배영업소에 갔다. 그날은 평소 못 보던 직원이 있었는데, 무슨 까닭인지는 몰라도 고자세로 이것저것 괜한 트집을 잡으려는 것이 눈에 보였다. 평소 계속 거래하던 곳이니 그냥저냥 대응하고 왔는데, 그때의 불쾌한 마음이 저녁이 되어서도 계속 남아 있었다.

그제야 깨달았다. 평소 나의 평온한 마음은 나 혼자서 유지하는 것이 아니었다는 것을. 매일 마트나 식당을 가고, 대중교통을 이용하고, 택배기사나 이웃들과 마주치면서도 그럭저럭 평온한 상태를 유지할 수 있는 건 그들이 예의 바른 이들이었기 때문이다. 일일이 의식하지 못하고 살고 있지만, 나의 평온한 일상은 누군가의 예의 바름 때문이다. 그 사실을 잊지 않으려고 한다.

터키 아이스크림

터키 아이스크림은 쫀득한 식감 때문에 먹고 싶다가도 건네줄 때 아이스크림콘을 줄 듯 말 듯 이리저리 휘두르는 그 특유의 장난 때문에 망설여져 관두고는 했다. 상대방이 장난을 거는데 무덤덤한 표정으로 있을 순 없으니까. 내 기분이 그렇지 않더라도 가짜 미소라도 지어야 하니까.

그 장난을 좋아하는 사람들도 있을 테니 주문 옵션이 있으면 좋겠다는 생각이 들었다. 비치된 깃발 중 하나를 들면 장난 없이 아이스크림만 받겠다는 의사 표현을 하는 식으로 말이다.

그런데 어느 날, 아무런 장난 없는 터키 아이스크림을 받게 되었다. 판매하는 분이 지친 표정으로 아이스크림만 건네주었던 것이다. 우리는 조용히 아이스크림과 돈을 주고받았다. 밝고 즐거워 보이기만 하던 그 장난도 사실은 고단한 노동이었음을 비로소 의식한 순간이었다. 그날 이후로는 언제든 기꺼이 즐거운 마음으로 터키 아이스크림을 받기로 마음먹었다.

아름다운 것

좋은 노래를 듣고 있다보면 '세상에 내가 모르는 좋은 노래는 또 얼마나 많을까. 그 좋은 노래도 다 못 듣고 가는 게 인생이다'라는 생각이 들어 코가 시큰해진다.

인생이라는 고단한 여정 가운데서도 어떤 사람들은 기어이 아름다운 것들을 남기고 죽는다. 아름다운 것을 찾고 보고 들어야 한다. 세상에 아름다운 것이 있다는 사실을 확인해야 한다. 인간은 아름다운 것을 만들어내는 존재란 사실을 상기해야 한다.

사소하고 중요한 순간

자기 전에 잠시 텔레비전 채널을 돌리다가 〈히든 싱어〉를 보았다. 고 신해철 씨 편이었다. 고인이 어떻게 참가하는지 궁금했는데 생전 라이브 영상에서 목소리를 추출해 진행되는 것이었다.

앞부분을 다 놓치고 결승께서나 보기 시작했는데, 고인을 '선생님'이라 칭하는 생전의 지인이 도전자로 출연했다. 평소 가까운 사이였던 듯했다. 고인과 외모는 물론 평소 말할 때의 목소리까지 비슷한 그가 이런 말을 했다.

"친하다고 생각했는데, 선생님 돌아가신 후에 보니 같이 찍은 사진이 한 장도 없는 거예요. 여러분, 좋은 사람이 있으면 찾아가세요. 좋은 사람들과 웃으면서 사진 많이 찍고 지내시길 바라요."

그 말을 듣고 울컥하고 말았다. 나도 미처 잘 나온 사진 한 장 함께 찍지 못하고 먼저 떠나보낸 사람들이 떠올랐기 때문이다. 물론 사진이 없어도 떠난 이들에 대한 기억이야 잊지 않지만, 그럼에도 '사진 한 장 찍지 않았다'는 사실이 뒤늦게 안타까웠다. 그것은 어쩌면 사진이라는 물건에 대한 아쉬움이라기보다 사진을 같이 찍는 행위를 함께하지 않았다는 아쉬움에 가까우리라.

사진만이 아니라 아마도 우리는 서로가 사라진 후에 많은 것이
아쉬워질 것이다. 사진을 많이 찍을걸. 함께 여행을 갈걸. 고맙다
고 할걸. 맛있는 것을 먹을걸. 또 저마다의 사연이 얽힌 아쉬움
이 남겠지. 그중에는 '그때 당근 케이크 한 조각을 사다 줄걸'처
럼 지극히 개인적인 아쉬움도 있을 것이다. 아니, 어쩌면 대부분
은 그렇게 사적인 사연의 아쉬움일지도 모른다.

살다보니 그렇다. 지금 하지 않으면 죽을 것 같은 일들 대부분은
지금 하지 않아도 사실 괜찮았다. 대체로 당시엔 생각도 못한 일
이 나중에 무척 아쉬워진다. 관계에서도 마찬가지다. 우리는 오
늘도 사소하고 중요한 순간을 살아가고 있다.

돌아오는 길

특별한 일이 없으면 우리 집 개 '태수'와 매일 산책을 한다. 산책할 땐 대개 개가 가자는 길로 간다. 개도 10년 가까이 한 동네에서 살았기 때문에 동네 지리를 어느 정도 알아서, 아주 엉뚱한 길로는 가지 않는다. 개 나름대로 즐겨 다니는 몇 개의 코스가 있기도 하다. 그래서 목줄은 잡고 있되 개가 가자는 길로 가준다.

그러다 줄을 당겨 방향을 틀어야 하는 순간이 있는데, 그건 개가 터무니없이 먼 길을 가겠다고 주장할 때다. 사실 개는 대부분의 날에 그렇게 의기양양하다. 그냥 두면 미국까지 걸어갈 기세다. 나도 가끔은 '그래, 원 없이 놀아라'란 마음으로 호응해주기도 하지만, 그런 날은 결국 개가 먼저 뻗는다. 날이 덥기까지 하다면 뭐 어김없다. 개가 더 이상 걷지 않겠다고 선언하며 우두커니 서 있거나 아예 바닥에 엎드려버리면, 별수 없이 내가 6킬로그램이 넘는 개를 안고 행군을 해야 한다. 그러니 그 꼴을 당하지 않으려면 적당한 순간 '그만 돌아가자' 하고 줄을 당겨 돌아서게 해야 한다.

며칠 전엔 날도 덥지 않았고 그날따라 개가 들떠 보여서, 평소보다 더 먼 길로 가겠다고 하는 것을 그냥 두었다. 아니나 다를까 너무 많이 걸었는지 중간에 개가 지쳐버렸고, 결국 거기서부터 집까지 다시 내가 개를 안고 돌아와야 했다.

"그러니까 아까 그만 가자고 했잖아. 신난다고 한없이 가면 어쩌자는 거야. 집에 갈 때를 생각해야 할 거 아냐."

개는 내 품에 편히 안겨 잔소리를 듣는 둥 마는 둥 했다.

개를 안고 돌아오며 생각했다. 어딘가로 갈 때엔 돌아올 때를 생각해야 한다고. 무언가 시작할 때도 다시 돌아올 때를 생각해야 한다고. 불행히도 인간은 무언가 시작할 때 산책을 시작하는 개처럼 한없이 달릴 수 있을 거라 착각하곤 한다. 그러나 신나고, 들뜨고, 무서울 게 없고, 언제까지라도 거침없이 달릴 수 있을 것 같다 해도, 다시는 돌아오지 않을 거란 생각이 들 때조차 만에 하나 돌아와야 할 때를 생각해야 한다고.

살아간다는 것만으로도

같이 일하는 분 중에 큰 병을 이겨낸 분이 있었다. 잠시 휴직하고 치료한 후 돌아와 계속 일하고 있는 분이었다. 치료가 되었지만 재발의 가능성이 있어 여전히 정기적으로 검진을 받고 있는 상태였는데, 그 가운데 동요 없이 생활하고 자기 일을 해내는 그분을 볼 때마다 어떤 존경심이 생기고는 했다.

만일 내가, 혹은 주위의 누군가 어느 날 큰 병에 걸렸다는 사실을 알게 된다면, 나는 그분을 먼저 떠올리며 용기를 낼 수 있을 것 같다. 어려움을 이겨내는 사람들은 그저 자기 삶을 살아가고 있는 것이겠지만, 우리는 그렇게 살아가는 것만으로도 서로에게 용기를 주고 있는 것인지도 모르겠다.

코코넛만큼은 용감하기를

야자수는 바다를 향해 휘어 있고, 코코넛은 물에 뜬다. 바다에 떨어진 코코넛들은 새로운 육지를 향해 파도를 타고 떠나는 거라고 한다. 가끔 그 얘길 떠올린다.

코코넛만큼은 용감하고 싶을 때.

공중 울음 부스

무척 속상한 일이 있던 날이었다. 거리로 나온 순간부터 쏟아지는 눈물이 멈추지 않았다. 그렇게 울면서 걸을 수는 없어서 주위를 두리번거리다가 결국 버거킹에 들어가 커피를 주문하고 구석에 앉아 눈물 콧물을 쏟다 나왔다. 아무래도 도시엔 마음 놓고 울 수 있는 공간이 별로 없다.

쓰지 않는 공중전화 부스를 철거하지 말고, 거기에 커튼을 달아서 공중 울음 부스로 만들면 어떨까. 길을 걷다가 울고 싶어진 사람들이 들어가 조용히 울다 나올 수 있도록.

선심

그림을 그리기 때문에 가끔 이런 일을 겪는다.

"대체 씨한테 뭐 뭐 그려달라고 해~."

"이런저런 거 그러달라고 하면 도와줄 거야~."

그러고 나서 그 말을 한 사람은 몹시 뿌듯해하는 것이다.

걱정이 특기

고3 때 같은 미술학원에 다니던 재수생 언니가 나에게 손목시계를 잠시 빌려달라고 했다. 학원에서 데생 시험을 치를 동안만 보겠다는 것이었다.

잠시 후 그 언니는 멀쩡하던 시계줄이 끊어졌다며 들고 왔다. 별로 좋아하던 시계도 아니었고 노점에서 몇 천 원 주고 산 거였고 다른 시계도 있었기 때문에 대수롭지 않게 생각하고 있었다. 기껏 해봐야 '역시 싼 게 비지떡이군…' 정도였다고나 할까? 그런데 언니는 침통한 표정으로 이렇게 말하는 것이었다.

"정말 미안하다. 시험도 얼마 안 남았는데 재수 없게 이게 뭐야. 너무 나쁜 징조로구나…."

걱정하는 게 특기라서, 걱정할 만한 〈꺼리〉가 생기면
절대 놓치지 않고 꼭 붙잡은 다음,
최선을 다해 걱정하는 사람도 있다.

그리고 꼭, 남의 일도 걱정해준다.

바늘

바늘에 찔리면 바늘에 찔린 만큼만 아파하면 된다. '왜 내가 바늘에 찔려야 했나', '바늘과 나는 왜 만났을까', '바늘은 왜 하필 거기 있었을까', '난 아픈데 바늘은 그대로네', 이런 걸 계속해서 생각하다보면 예술은 할 수 있을지 몰라도 사람은 망가지기 쉽다. 예술가들에겐 미안하지만 예술가는 망한 것이다.

눈물이 아주 조금 났지만 이건 반사적인 거라고 믿어.

생각해봐. 이런 상황에선 누구나 눈물이 나지 않을 순 없는 거라고.

바늘에 손가락을 찔릴 때처럼 말이지.
나는 좀 전에 그랬던 거라고...

설마

이유를 묻지 마세요

가끔은 (어쩌면 종종) 우리는 도저히 이해할 수 없는 사람들과 마주친다. 예전엔 그가 왜 그런 행동을 했는지 이해하려고 애썼다. 그러나 언젠가부터 '사람들이 하는 행동의 이유를 전부 알 수도 없고, 알 필요도 없다'고 생각하게 되었다.

가까운 사이에서도 마찬가지다. 그냥 '쟤는 그런가 보다' 하면 되는 관계인데 '도무지 이해가 안 된다. 반드시 이해하든지, 이해되는 사람으로 만들든지 하겠다'라며 나섰다가 엉망진창이 되는 광경을 평생 보았다.

우리는 서로를 꼭 완전히 이해해야 할 의무도, 이해시켜야 할 의무도 없다. 그냥 서로를 바라보며 각자의 삶을 살아가면 된다. '쟤는 그런 사람인가 보구나' 하며.

이상한 사람을 만난다면

해파리

해파리에 대해 찾아보니 '헤엄치는 힘이 약하기 때문에 수면을 떠돌며 생활한다'고 나와 있었다.

어쩐지 울컥했다. 헤엄치는 힘이 약하면 수면을 떠돌며 살면 된다. 죽어버리는 게 아니라.

멋져야 할 의무

동네에 뒷산이 있어서 매일 산행을 할 수 있다. 산책을 해서 좋은 점은 인간이 아닌 나무, 풀, 새, 고양이, 벌레 같은 다른 생물들을 많이 볼 수 있다는 것이다.

그들을 보며 생각하기를, 모든 생물은 아무 이유 없이 태어나, 태어났다는 이유만으로 자기 몫을 살다 간다는 것이다. 그런 걸 생각하면 사람이라고 특별히 다를 리가 있나 싶기도 하다. 우리는 자기 삶이 멋지지 않다는 이유로 괴로워하기도 하지만, 애초에 누구든 멋지게 살아야 할 의무가 없다.

왜인지 자기 삶을 꼬박 잘 살아내고 있는 사람이 자기 모습이 멋지지 않다고 속상해하는 모습을 보곤 한다.

우리에겐 멋져야 할 의무가 없어.

살아 있는 것으로 우리는 우리의 임무를 다하고 있다.

무엇이 되지 않아도

20대를 떠올리면 언제나 무엇이든 될 수 있을 거란 생각에 늘 의기양양했다. 그러다 서른 살이 되면서 한동안 내가 아무것도 아니란 생각에 바닥을 쳤는데, 다시 용기를 내어 일어났다. 그리고 최근 몇 년간 다시 괴로운 상태가 찾아왔다. 하던 일이 모두 망하고 이제 다시 무언가를 시작하기엔 너무 늦은 것 같았다.

그러나 근래 깨달은 것이 하나 있기를, 나는 평생 무엇이 되고 싶어 했다는 것이다. 이제 그 마음을 놓을 수 있겠다는 생각이 든다. 무엇이 되지 않아도 괜찮다고. 지금 할 수 있는 일을 착실히 해나가겠다고. 더 이상 무엇이 되지 못해 괴로워하지 않고 '나'를 잘 살겠다고.

그럴싸한 무엇이 되지 않아도 괜찮다는 말을 어릴 때 누군가 해주었으면 좋았을 테지만, 늦더라도 살면서 스스로 깨달았으니 괜찮다. 저 생각을 한 그 밤, 나는 펑펑 울었다. 서운한 감정 한편 무거웠던 마음이 가벼워지는 기분이었다.

남은 삶을 좀 더 가볍게, 그러나 착실히 살 수 있을 것도 같다.

나는 그대로

내 잘못이 아닌 어떤 일이 나를 망쳤다는 생각이 들 땐 그 생각을 멈춰야 한다. 사건이 일어나기 전과 후의 나 자신은 아무것도 달라지지 않았다는 것을 떠올려야 한다. 그 일로 나는 멍청해지지도, 나쁜 사람이 되지도 않았을 것이다.

어쩔 수 없지

나는 타고난 성정이 예민하기 때문에 오히려 마음 다스리는 법을 이리저리 궁리하게 되었다. 닥치는 감정에 당황하지 않으려 노력한다. 불안한 마음이 들면 불안한 마음을 부정하진 않고 '불안해할 상황이긴 하지' 정도로 타협을 본다.

몹시 슬플 때도 '몹시 슬플 일이지' 한다. '슬픈 나 자신'을 슬퍼하거나 불쌍해하진 않으려고 한다. 일단 그런 생각을 하면 그 다음으로 '뭐, 어쩔 수 없지' 상태로 나아갈 수 있다.

'뭐, 어쩔 수 없지' 중얼거리며 내 상황을 바라보면, 마치 남의 일 보듯 마음이 조금 편안해지기도 하는 것이다.

불안한 마음이 들 땐   이렇게 중얼거리곤 합니다.

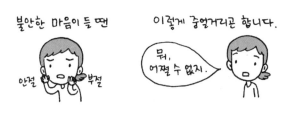

이상하게도 이렇게 말하는 순간
마음이 훨씬 편안해지기 때문입니다.

어쩐지 의기양양해집니다.

그 여름, 서울랜드

고3 여름방학 어느 날, 나는 현실에서 벗어나 세상의 가장 먼 끝으로 도망치기로 결심했다. 말만 방학이지 보충수업을 하러 학교에 가야 했으나 상관없었다. 혼날 것이 두렵지도 않았다. 어차피 다시는 돌아가지 않을 생각이었다.

약간의 용돈을 챙겨 들고, 목적지를 정하기 위해 서울 지하철 노선도를 펼쳤다. 잠시 고민하다가 당시 가장 먼 곳처럼 보이던 4호선의 끝, 안산으로 떠나기로 마음먹었다. 그리고 비장한 마음으로 지하철에 올랐다. 안산에 가서 과연 무엇을 해야 할지 아무것도 정하지 않은 상태였다. 그러나 어쨌든 떠나야 했다. 떠나지 않는 것은 참을 수 없으니까, 떠나고 봐야 했다.

그러나 나는 안산까지 가지 못하고 도중에 내리고 말았다. 대공원역이었다. 안내방송으로 '대공원역'이란 말을 듣자마자 마음이 출렁거렸기 때문이다. '서울랜드다!'

홀린 듯 그 역에서 내렸다. 그리고 혼자 서울랜드 곳곳을 돌아다니며 날이 저물 때까지 신나게 놀았다. 놀이기구를 타고, 인형들을 구경하고, 아이스크림을 먹었다. 나는 비장한 고등학생이었으나, 비장해도 노는 건 즐거웠다.

서울랜드에는 손금을 스캔해 인생 운을 출력해주는 기계도 있었다. 기계에 손바닥을 올리자 잠시 후 A4 사이즈의 종이에 제법 빼곡히 이런저런 총운이 적혀 나왔다. 그것을 꽤 열심히 읽었으나 어떤 내용이 적혀 있었는지는 기억나지 않는다. 다만 기계는 나에게도 앞날이 있긴 있을 거라고 말하고 있었다. 나는 그 종이를 소중히 말아 쥐고 집으로 돌아왔다.

그리고 나는 계속 더 살았다.

자외선 차단

슬픈 생각이 들 땐

울먹   울먹

얼른 이것을 떠올리세요.

맞다! 나 오늘 자외선 차단은 잘했나?

자외선 차단 생각에 집중하십시오.

선크림   선계절 SPF50   물리 자차· 화학자차   양산 팔토시

때론 이런 마음이 들기도 할 것입니다.

자외선차단 따위! 알 게 뭐야!   될 대로 되라지!

그래서는   안 됩니다.

먼 훗날 후회되는 것은 결국 자외선 차단에 대한 것입니다. 자외선 차단을 떠올리며 슬픈 마음을 밀어내십시오.

별수 없죠

지금의 삶이 변변치 않으면 지난날들도 다 부질없게 느껴지기 쉽다. 그러나 찬찬히 돌아보면 나도 뭔가 하긴 했다. 배우고 싶던 걸 배운 적도 있고, 좋은 습관을 하나 만들기도 했고, 하고 싶던 것을 조금이나마 했고, 새로운 경험도 해보았다. 제일 중요한 돈이 없긴 한데 아무튼 살아 있긴 하다. 여전히 못난 사람이긴 하지만 조금씩이나마 나은 사람이 되고 있다고 생각은 한다.

다만 내가 나아지는 속도가 세상의 속도보다 너무 늦지 않길 바라는 것이다. 그건 내가 어쩔 수 없는 부분이니까. 세상이 '이 정도로는 어림없지. 넌 탈락이다' 하면 그걸로 끝인 것이다.

나에게 맞는 수심과 유속의 강을 찾으면, 그때 배를 띄울 수 있을 거라 믿으며, 조금씩이라도 내 배를 만들어가고 있을 수밖에 없다.

영영 배 같은 거 띄울 날이 오지 않을 수도 있겠지.

그렇대도 '그렇다면 별수 없죠' 하고 받아들이는 수밖에.

별

아, 별이 쏟아지는 곳에서 매일 밤 다른 모든 것들이
저 별들에 비해 얼마나 시시한지 떠올리며 살고 싶다.

오늘도 전지구적으로
크게 한 바퀴 도느라
고생들 하셨습니다~!!

[리빙포인트] '사람들이 비웃으면 어떡하지?'라는 걱정 때문에 시작하지 못하는 일이 있다면

불필요한 걱정입니다. 어차피 누군가는 늘 나를 비웃고 있답니다. (찡긋)

희망을
비밀처럼

자신의 단점을 잘 알고 있지만
그렇다고 스스로를 싫어하고 싶지는 않은 사람.

이렇게 살면 안 된다는 것은 알지만
그래서 어떻게 살아야 하는지는 알 수 없는 사람.

이번 생은 글렀다고 툭하면 농담처럼 말하지만
진짜로 포기하고 싶지는 않은 사람.

어쩌면 내게도 언젠가 좋은 일이 생길지도 모른다는
희망을 비밀처럼 품고 사는 사람.

이렇게 저 같은 사람들과 이 책을 나누고 싶었습니다.

2017년 9월
도대체

고구마~
나는~
고구마~

일단 오늘은 나한테 잘합시다

초판 1쇄 발행 2017년 9월 25일 **초판 29쇄 발행** 2024년 12월 10일

지은이 도대체
펴낸이 최순영

출판1 본부장 한수미
라이프 팀장 곽지희

펴낸곳 ㈜위즈덤하우스 **출판등록** 2000년 5월 23일 제13-1071호
주소 서울특별시 마포구 양화로 19 합정오피스빌딩 17층
전화 02) 2179-5600 **홈페이지** www.wisdomhouse.co.kr

ⓒ 도대체, 2017

ISBN 978-89-5913-559-2 03810